EU PERDI O RUMO

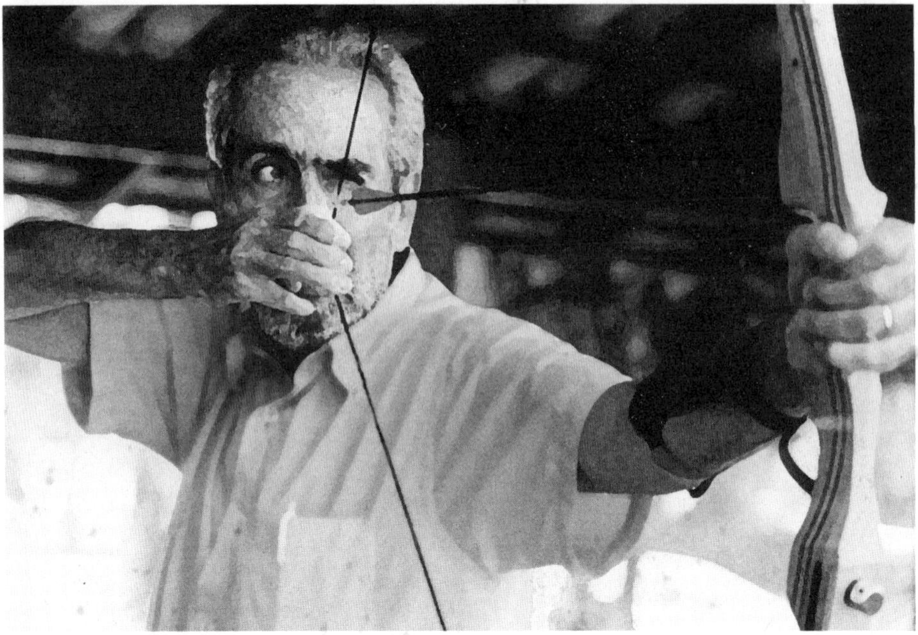

O ARQUEIRO

GERALDO JORDÃO PEREIRA (1938-2008) começou sua carreira aos 17 anos, quando foi trabalhar com seu pai, o célebre editor José Olympio, publicando obras marcantes como *O menino do dedo verde*, de Maurice Druon, e *Minha vida*, de Charles Chaplin.

Em 1976, fundou a Editora Salamandra com o propósito de formar uma nova geração de leitores e acabou criando um dos catálogos infantis mais premiados do Brasil. Em 1992, fugindo de sua linha editorial, lançou *Muitas vidas, muitos mestres*, de Brian Weiss, livro que deu origem à Editora Sextante.

Fã de histórias de suspense, Geraldo descobriu *O Código Da Vinci* antes mesmo de ele ser lançado nos Estados Unidos. A aposta em ficção, que não era o foco da Sextante, foi certeira: o título se transformou em um dos maiores fenômenos editoriais de todos os tempos.

Mas não foi só aos livros que se dedicou. Com seu desejo de ajudar o próximo, Geraldo desenvolveu diversos projetos sociais que se tornaram sua grande paixão.

Com a missão de publicar histórias empolgantes, tornar os livros cada vez mais acessíveis e despertar o amor pela leitura, a Editora Arqueiro é uma homenagem a esta figura extraordinária, capaz de enxergar mais além, mirar nas coisas verdadeiramente importantes e não perder o idealismo e a esperança diante dos desafios e contratempos da vida.

GAYLE FORMAN

EU PERDI O RUMO

ARQUEIRO

Título original: *I Have Lost My Way*

tradução: Mariana Serpa
preparo de originais: Gabriel Machado
revisão: Cristhiane Ruiz e Flávia Midori
diagramação: Valéria Teixeira
capa: Simon and Schuster
adaptação de capa: Gustavo Cardozo
impressão e acabamento: Lis Gráfica e Editora Ltda.

CIP-BRASIL. CATALOGAÇÃO NA PUBLICAÇÃO
SINDICATO NACIONAL DOS EDITORES DE LIVROS, RJ

F82e Forman, Gayle
Eu perdi o rumo/ Gayle Forman; tradução de Mariana Serpa. São Paulo: Arqueiro, 2018.
240 p. ; 16 x 23 cm.

Tradução de: I have lost my way

ISBN 978-85-8041-883-5

1. Ficção americana. I. Serpa, Mariana. II. Título.

CDD 813
18-51385 CDU 82-3(73)

Rua Funchal, 538 – conjuntos 52 e 54 – Vila Olímpia
04551-060 – São Paulo – SP
Tel.: (11) 3868-4492 – Fax: (11) 3862-5818
E-mail: atendimento@editoraarqueiro.com.br
www.editoraarqueiro.com.br

Para Ken Wright, Anna Jarzab e Michael Bourret

Venha, venha, seja quem for. Andarilho, adorador, amante do adeus. Não importa. Nossa caravana não é de desesperança. Venha, ainda que por mil vezes tenha quebrado seus votos. Venha, mais uma vez, venha, venha.

– Jalaluddin Rumi

Nem todos os que vagueiam estão perdidos.

– J. R. R. Tolkien

1

EU PERDI O RUMO

Eu perdi o rumo.

Freya encara as palavras que acabou de digitar no celular.

Eu perdi o rumo. De onde veio isso?

– Com licença, senhorita – repete o motorista. – Acho que me perdi.

Freya retorna, assustada, à realidade. Está no banco de trás de um carro a caminho da sétima – ou seria oitava? – consulta das últimas duas semanas, e o motorista acabou de fazer o retorno ao sair do túnel.

Ela acessa a agenda.

– Park e 70 – ela orienta o motorista. – Vire à direita na 3rd Avenue, então à esquerda na 71.

Freya volta a atenção para a tela. *Eu perdi o rumo.* Quinze caracteres. As palavras carregam o inegável toque da verdade, soando como um dó central. De uma forma que poucas de suas publicações mais recentes carregam. Mais cedo, alguém do escritório de Hayden publicou uma foto dela segurando um microfone, com um sorriso; *#nasciparacantar*, dizia a legenda, *#quintadagratidão*. Na verdade deveria ser *#tbt*, *Throwback Thursday*, porque a imagem é uma recordação de semanas atrás, de uma pessoa que já não existe.

Eu perdi o rumo.

O que aconteceria se postasse isso? O que diriam se soubessem?

Quando o celular emite um som, Freya percebe que clicou no botão de publicar. As reações começam a surgir, mas, antes que tenha a chance de ler, chega uma mensagem da mãe: Park Ave 720 e um alfinete espetado. Porque obviamente a mãe está monitorando o feed de notícias com tanta atenção quanto Freya. E é claro que a mãe entendeu errado. Afinal, Freya não se perdeu. Ela perdeu a voz.

Apaga a postagem, esperando que ninguém tenha sido rápido o bastante para tirar um print da tela ou compartilhar o conteúdo, mas sabe que nada na internet desaparece. Ao contrário da vida real.

A mãe a está aguardando quando o carro chega, andando de um lado para outro, segurando os resultados dos exames pedidos pelo último médico – ela correu pela cidade para pegá-los.

– Bom, bom, você chegou – diz a mãe, abrindo a porta antes mesmo que o motorista parasse totalmente e puxando Freya para fora do carro antes que ela tivesse a chance de entregar ao homem a nota de 10 dólares que havia separado de gorjeta. – Já preenchi a papelada.

A mãe fala como se fizesse isso para adiantar, mas a verdade é que preenche a papelada de todas as consultas de Freya.

As duas são conduzidas direto pela recepção até o consultório. É o tipo de serviço digno de uma consulta de 1.500 dólares, sem reembolso do seguro (valeu, Hayden).

– O que a traz aqui? – pergunta o médico, enquanto lava as mãos.

Ele não olha para Freya. Provavelmente não faz ideia de quem ela seja. Parece velho, um vovô, embora, segundo relatos, já tenha tratado o tipo de prodígio que semanas atrás todos achavam que Freya estava a caminho de se tornar.

Ela deseja ter lido algumas respostas antes de apagar aquele tuíte. Talvez alguém lhe tivesse sugerido o que fazer. Talvez alguém lhe tivesse dito que tudo bem Freya não poder cantar. Eles ainda iriam amá-la.

Mas sabe que isso é bobagem. O amor é condicional. Tudo é.

– Ela perdeu a voz – responde a mãe. – Temporariamente.

A mãe prossegue, relatando a tediosa e familiar cronologia – "terceira semana no estúdio", "tudo correndo perfeitamente", blá-blá-blá –, e durante todo o tempo a frase *Eu perdi o rumo* atravessa a mente de Freya, como uma música em looping, da forma como ela e Sabrina costumavam ouvir a mesma canção sem parar até dissecá-la, até desvendarem e se apropriarem de todos os seus segredos. A mãe delas ficava enlouquecida, mas então descobriu a utilidade daquilo.

O médico palpa o pescoço dela, avalia a garganta, examina os seios nasais. Freya imagina como ele reagiria se ela soltasse uma escarrada. Será que enxergaria nela uma pessoa em vez de uma peça de maquinário defeituosa? Será que a *ouviria*, cantando ou não?

– Pode entoar um dó agudo? – pergunta o médico.

Freya obedece.

– Ela consegue alcançar notas individuais – explica a mãe. – E a afinação é perfeita. Hayden diz que nunca ouviu uma voz tão afinada antes.

– É mesmo? – fala o médico, sentindo as cordas vocais de Freya. – Vamos tentar uma música. Algo simples, tipo "Parabéns pra você".

Existe alguém que não consiga cantar "Parabéns pra você"? Até uma criança canta. Até uma pessoa desafinada. Para expressar sua opinião em relação ao pedido, ela começa a entoar a música, mas com um forte sotaque francês:

– *Parrabã prra você...*

Sua mãe fecha a cara e Freya exagera ainda mais o sotaque:

– *Nestá datá chérie...*

Sua voz, no entanto, é mais esperta do que ela pensa. Não será enganada por palhaçadas ou um falso sotaque malfeito. Assim que a melodia atinge um pequeno salto entre oitavas, da G4 à G5, ela resvala. O pânico a invade. A respiração fica pesada como chumbo.

– *Muitas felicidades...*

Na última sílaba, o ar acaba. A canção é estrangulada no meio da respiração. Uma melodia natimorta.

– Muitos anos de vida – conclui ela, sarcástica e atonal feito uma comediante americana, a expressão impassível.

Corre o dedo pela garganta num gesto de corte, caso a mensagem não tenha ficado clara.

– É paralisia? Ouvimos dizer que algo assim aconteceu com... – a mãe baixa o tom de voz – *Adele*.

Freya percebe a esperança na voz da mãe. Não por desejar uma paralisia das cordas vocais, mas por querer associar Freya a Adele. Alguns anos atrás ela leu livros que reinterpretam a filosofia chinesa e aderiu aos ensinamentos de maneira desmedida. Seu lema passou a ser *Sonhe, seja*.

– Vou pedir uns exames – afirma o médico, enumerando-os: – Tomografia, biópsia, eletromiografia da laringe, talvez um raio X. – Ele pega um cartão de visita, desliza-o pela mesa e encara Freya de um jeito não muito simpático. – E talvez fosse bom pensar em conversar com alguém.

– A gente conversou, mas a lobotomia não adiantou.

– Freya! – ralha a mãe, e acrescenta para o médico: – Nós já estamos consultando um terapeuta.

Nós. Como se nós duas frequentássemos as sessões. Como se nós duas tomássemos os remedinhos que supostamente aplacariam a ansiedade que supostamente sufocara a voz de Freya.

– Aconteceu *do nada*. Literalmente da noite para o dia. Se fosse... – A mãe baixa a voz a um sussurro: – Se fosse *psicológico*, não aconteceria num piscar de olhos como aconteceu, certo?

O médico apenas emite uns grunhidos, como se não quisesse nem concordar nem discordar.

– Vamos marcar uma revisão para daqui a duas semanas.

Duas semanas é muito tempo, Hayden deixou isso bem claro. Cobrou favores para conseguir uma visita ao famoso médico, responsável por prodígios como Adele, Lorde e Beyoncé. Pagou 1.500 dólares pela consulta porque esse cara – Hayden jurou – é um milagreiro, insinuando que Freya não precisa de cuidados médicos a preços aviltantes, mas de um verdadeiro milagre.

O carro e o motorista de Hayden aguardam na saída, ainda que ele não tivesse mandado o motorista levá-la à consulta. O homem abre a porta e faz uma leve reverência.

– O Sr. Booth pediu que eu viesse.

Freya passara boa parte dos dois últimos anos nos escritórios de Hayden, mas a intimação a deixa nauseada. A mãe parece apavorada. Depois de todo aquele tempo, ainda age como se Hayden fosse o imperador, e ela, a camponesa. Passando freneticamente pelas mensagens de texto no celular, comenta:

– Ele só deve querer saber o diagnóstico.

Hayden Booth não convoca ninguém sem motivo ou só para coletar informações. Freya tem certeza de que ele recebeu uma ligação do médico no instante em que a porta do consultório foi fechada. Ou, quem sabe, talvez tivesse uma câmera escondida filmando toda a consulta.

Se uma árvore cai na floresta e ninguém ouve, ela emite som? Se Freya não for ao escritório de Hayden, ele não poderá demiti-la. Se ele não a demitir, a carreira dela não acabará. Se a carreira dela não acabar, as pessoas ainda vão amá-la.

Certo?

– Estou cansada – diz Freya à mãe, com um aceno. – Vá você.

– Ele chamou nós duas. – Ela olha para o motorista. – Ele chamou nós duas?

O motorista não faz ideia.

– Não aguento mais todas essas consultas inúteis – prossegue Freya, encarnando o que sua mãe chama de "modo diva".

O "modo diva" confunde a mãe, porque, por um lado, *sonhe, seja*, mas, por outro, é um pé no saco.

Quando a mãe se aborrece, faz um biquinho idêntico ao de Sabrina – ou talvez o de Sabrina é que seja idêntico ao dela. "É como se os genes tomassem partido", costumava brincar a antiga babá das duas, querendo dizer que Freya se parecia com o pai: um tom de pele mais avermelhado, a testa alta, os reveladores olhos etíopes. Sabrina puxou mais à mãe, com os cabelos cacheados em vez de crespos, a pele clara o suficiente para se passar, senão por branca, por porto-riquenha.

Então sua mãe reconsidera e o biquinho some.

– Sabe de uma coisa? Talvez seja mais inteligente. Eu falo com ele. Vou lembrar que você só tem 19 anos. Que já chegou longe. Que estamos com muito gás. Fazer o público esperar deixa os fãs mais ávidos. Precisamos apenas de mais um tempinho. – Ela volta a atenção para o telefone. – Vou chamar um Uber para você.

– Mãe, eu sou perfeitamente capaz de ir sozinha para casa.

A mãe continua digitando. Freya não pode mais andar de metrô sozinha. A mãe instalou um rastreador no telefone da filha, exercitando a cautela – conduta exagerada como o "modo diva" de Freya, já que ela não é famosa. Na escala de Hayden, ela se encontra em algum ponto entre celebridade instantânea e subcelebridade. Se sai para dançar numa boate ou entra no tipo de bar ou café frequentado por atores/modelos/cantores promissores, é reconhecida. Se participa de um evento num shopping, é sufocada pela multidão – mas já não faz isso, pois, segundo os assessores, "não conversa com sua marca". No metrô, entre pessoas comuns, não é absolutamente ninguém. Para a mãe, porém, todas as atitudes devem ser ambiciosas.

– Vou só dar uma caminhada – diz Freya. – Talvez dê um passeio no parque para esvaziar a cabeça, ver o que está em liquidação na Barneys.

Ela sabe que a mãe não refuta o poder curativo da Barneys, embora Freya ainda se sinta um pouco desconfortável nesses lugares. Com frequência é seguida, e nunca sabe se é por ser meio famosa ou meio negra.

– Procure algo bonito – fala a mãe. – Para relaxar um pouco.

– O que mais temos agendado? – pergunta Freya, por força do hábito, já que vive cheia de compromissos e a mãe sabe tudo de cabeça.

A pausa constrangida da mãe é dolorosa. Porque a resposta é *nada*. Não há nada agendado, pois esse tempo foi reservado para o estúdio. Naquele exato instante ela deveria estar concluindo as gravações. Semana que vem Hayden vai passar sete dias em alguma ilha particular, depois voltará ao estúdio com Lulia, a cantora de dentes da frente separados que ele descobriu no metrô de Berlim. Ficou tão famosa que seu sorriso escancarado estampa um outdoor da Times Square.

"Pode ser você ali", disse Hayden a ela certo dia.

Não mais.

– Nada – responde, enfim, a mãe.

– Então vejo você em casa.

– Bom, é quinta-feira.

Nas noites de quinta, a mãe e Sabrina sempre saem para jantar. Em geral não mencionam nada. Freya nunca é convidada.

Óbvio.

– Posso cancelar se precisar de mim – afirma a mãe.

O amargor é evidente. Freya sente o gosto. E fica pensando se vai estragar o esmalte de seus (recém-clareados) dentes.

Essa situação também é constrangedora. Por que se ressentir da irmã? Logo de Sabrina, que, como diz a mãe, *sacrificou tanta coisa*. Ela sussurra isso da mesma forma que menciona o que vem acontecendo com Freya: "Você está só *tomando fôlego*." *(Tomando fôlego* é eufemismo para *autoimolação.)*

– É melhor você ir – retruca Freya antes que o amargor desintegre suas entranhas e deixe apenas um saco de pele vazio. – Hayden está esperando.

A mãe lança um olhar para o carro e o motorista.

– Te ligo assim que tiver notícias. – Ela entra no carro. – Tente refrescar a cabeça. Tire um dia para você. Não pense em nada. Nunca se sabe... Pode ser isso que o médico quis dizer. Aposto que, se conseguir passar o resto do dia sem pensar nisso, vai se sentir melhor. Faça umas compras. Vá para casa e faça uma maratona de *Scandal*.

Isso, é exatamente disso que Freya precisa. E talvez um copo de leite morno. E mais uma lobotomia.

Ela espera a mãe se afastar e começa a caminhar, não em direção à Barneys, mas rumo ao parque. Pega o celular e dá uma olhada no feed do Instagram. Vê mais uma foto sua, parada em frente ao estúdio na 2nd Avenue, debaixo de uma cerejeira que acabava de florir. Na legenda, *#musica #flores #vida #coisaslindas*, e os comentários são tão amáveis que deveriam fazê-la se sentir melhor: *Nada + Lindo Q VC... PRECISO DE NOVO VID!... Segue de volta PF!!!!*

Um carro buzina e alguém a puxa de volta para a calçada, encarando-a com um olhar de escárnio, como se dissesse "presta atenção". Freya não agradece; apenas entra no parque, onde não há tráfego e ela pode ler os comentários em paz.

Ela abre o YouTube. Por instrução de Hayden, faz meses que não publica nada. Ele queria ver os fãs "famintos" por novidades, para que assim devorassem o novo álbum e os novos clipes quando fossem lançados. Freya ficou com medo de ser esquecida, mas Hayden replicou que havia outras formas de se manter na mídia e contratou uma assessora de imprensa, cujo trabalho era plantar uma série de furos anônimos a respeito dela.

Freya sobe uma ladeira até uma pequena ponte. Um grupo de ciclistas passa por ela zunindo, cortando o ar com assobios estridentes, como se fossem os donos do parque. Ela abre o Facebook. Digita "Sabrina Kebede". Embora só se permita fazer isso uma vez por mês, sabe que não tem nada lá. A página da irmã no Facebook passou os últimos dois anos quase inativa, talvez duas ou três publicações, quase sempre marcações de amigos.

No entanto, lá está um novo post, de semanas atrás. Uma foto, postada por alguém de nome Alex Takashida, mostra um homem, provavelmente ele mesmo, segurando uma mão delicada com um pequeno anel de safira. Na legenda, os dizeres: *Ela aceitou!*

O rosto está cortado, mas Freya reconhece aquela mão.

Ela aceitou! Freya leva um minuto para entender o que aquilo significa. A irmã está noiva. De Alex Takashida. Alguém de quem nunca ouviu falar, e que muito menos conheceu.

Clica na linha do tempo de Alex e descobre que as postagens dele são públicas, e Sabrina está em quase todas, mesmo que não marcada. Lá está Sabrina brindando com Alex num restaurante. Sabrina e Alex numa praia. Sabrina com um sorriso radiante, entre Alex e a mãe delas. Sabrina com cara de feliz, e não de quem *sacrificou tanta coisa.*

Freya sente ânsia de vômito. Para se consolar, abre o aplicativo que controla o que a mãe agora chama de engajamento. Nem precisa mais ver os comentários para se sentir melhor. Basta saber que estão lá. Que a quantidade de curtidas e de seguidores está crescendo. O aumento dos números é reconfortante. Um eventual decréscimo a faz sentir um embrulho no estômago.

Hoje, os números estão subindo. As postagens no estúdio sempre vão bem. Os fãs estão empolgados com o álbum. Freya pensa no que vai acontecer quando os meses passarem e o álbum não sair.

Só ela sabe. Na primeira reunião com Hayden, ele contou exatamente o que aconteceria.

Abre os comentários da publicação fajuta da manhã. *Amei as flores. Mal posso esperar pelo álbum.* ❤❤💫🎤🎶🎧

Recarrega a página para ver se algo mais entrou, só que não há nada. Embora saiba que só vai se sentir pior, retorna à foto da mão de Sabrina. Os ciclistas passam batidos, buzinando e gritando para que ela preste atenção no caminho, mas Freya não consegue tirar os olhos da irmã e de tanta felicidade. Não consegue se livrar da nauseante sensação de ter feito tudo errado.

Eu perdi o rumo, pensa mais uma vez, e compreende como a frase é verdadeira. Outro ciclista passa buzinando, e Freya, ainda encarando o anel de safira da irmã, dá um salto para trás e cambaleia. De repente, não se vê apenas perdida, mas caindo da ponte em cima de alguma pobre alma.

• • •

Na hora em que Freya consulta mais um médico incapaz de ajudá-la, Harun está tentando rezar.

Enquanto uma maré de homens entra na mesquita, tomando seus lugares ao redor de Harun e seu pai, ele tenta direcionar suas intenções a Deus. Mas não consegue, de jeito nenhum. Já não sabe quais são suas intenções.

Ele lhe apontará uma saída, escreveu o primo numa mensagem de texto. Mas qual é a saída de Harun?

Eu perdi o rumo, pensa Harun, e as orações começam.

– *Allahu Akbar* – ele ouve o pai entoar ao seu lado.

Mais uma vez, o pensamento: *eu perdi o rumo*. Harun procura prestar atenção. Não consegue. Não consegue pensar em nada além de James.

Me perdoe, Harun lhe escreveu hoje de manhã.

Sem resposta.

Nem *Sai da minha vida, merda*, que foi a última coisa que James lhe dissera.

Não haveria resposta. James nunca falava nada sem acreditar de fato.

Ao contrário de Harun.

Quando termina a prece do *zuhr*, Harun e o pai saem para calçar os sapatos e conversar amenidades com os outros homens. Por todo lado só se fala em Hassan Bahara, que morreu na semana passada enquanto abastecia o carro num posto de gasolina.

– Foi o coração – afirma Nasir Janjua a Abu.

Seguem-se estalidos de língua. Confissões de colesterol alto. Insistência das esposas para que pratiquem mais exercícios.

– Não, não – diz Nasir Janjua. – Ele era cardiopata, mas a doença era silenciosa.

Uma doença do coração. Harun sabe uma coisa ou outra sobre o assunto. No entanto, ao contrário de Hassan Bahara, sua doença não é silenciosa. Já faz anos que a conhece.

Abu aperta o ombro de Harun.

– Tudo bem?

Eu perdi o rumo. Ele se imagina dizendo a frase a Abu.

Porém, isso só deixaria o pai desconsolado. Havia sempre a decisão de qual coração despedaçar. Era inevitável partir o próprio. Já estava dilacerado. É o que acontece com os corações defeituosos.

– Sim, Abu, tudo bem.

– Tem certeza? Você não costuma vir aqui.

O tom não é de reprovação. Seu irmão mais velho, Saif, começou o ensino médio bem no 11 de Setembro. Logo depois, começou a adotar o nome Steve e se recusou a frequentar a mesquita. Quando Harun parou de ir, a batalha já tinha sido perdida. Ou ganha – dependia do ponto de vista.

– Imaginei que, como estou indo... – A frase fica no ar. – Amir vai todos os dias.

– Sim, seu primo é muito devoto. – Abu bagunça o cabelo do filho. – Você é um bom rapaz. Fez Ammi muito feliz.

– E você?

– Sempre.

É pelo *sempre* que ele faz isso. Para continuar com o sempre. Para jamais perder o sempre.

Os dois chegam ao cruzamento das avenidas Sip e Westside. Harun vira à esquerda, no sentido oposto ao de sua casa e da loja de Abu.

– Achei que hoje você não tivesse aula – comenta o pai, presumindo o destino de Harun.

Ele nunca tem aula na quinta-feira. É o dia invisível acrescentado no ano passado ao calendário semanal. É o dia dos encontros em Manhattan, onde eles podem flanar pelas ruas como fantasmas.

No inverno, os dois se encontram no Chelsea Market e percorrem os restaurantes onde não podem se dar ao luxo de comer, enquanto

James (que sonha em ser chef) encara com paixão as massas frescas, os croissants amanteigados, as salsichas penduradas nas vigas, e descreve todos os pratos que um dia vai preparar para eles. Quando o tempo está quente, eles se encontram debaixo de uma pequena ponte arqueada no Central Park.

Os dois não perderam uma quinta sequer. Nem quando uma nevasca interditou o metrô de superfície, nem quando a bronquite de James atacava e tudo o que Harun desejava era levá-lo a um lugar quentinho e seco – apesar de todos os esforços, não conseguia imaginar onde. Eles acabavam em algum café, tomando chá e vendo vídeos no YouTube, fingindo que estavam em casa.

– Vou só resolver umas coisas – explica Harun.

– Não se atrase para o jantar – responde Abu. – Sua mãe tirou dois dias de folga do trabalho para cozinhar. Seu irmão está vindo. Com a esposa.

O pai tenta não fechar a cara ao mencionar a mulher de Saif, sem muito sucesso.

– Não vou me atrasar – garante Harun.

Porém, antes de sair de casa, pegou o passaporte e 500 dólares, reservados para a viagem de amanhã, e enfiou no bolso. Foi um ato impensado, de última hora, mas abriu a possibilidade de não entrar naquele avião, de fugir de verdade, e nesse caso ele se atrasaria bastante para o jantar.

Covarde.

Eu perdi o rumo.

Harun se despede do pai com um abraço, gesto que não faz com frequência. Pensa se não vai levantar suspeitas, mas não é o que acontece.

– Esteja em casa a tempo – pede Abu. – Você sabe como a sua mãe fica.

Logo que Abu fica fora de vista, ele digita: Indo pro nosso canto no parque. Me encontra lá.

Na Journal Square, adentra a estação de trem. O cheiro dos túneis – lembrando garagens velhas e bolorentas – o faz sentir saudades de James.

Tudo faz.

Pega o trem até a estação terminal da 33rd Street e segue caminhando, passando diante dos letreiros das lojas de roupas. Antigamente, antes de conhecerem os espaços públicos secretos da cidade, os dois às vezes paravam numa dessas lojas e experimentavam todos os suéteres e calças que não tinham a menor intenção de comprar só para poderem se enfiar na mesma cabine e, por detrás das portas de ripas, trocavam um beijo em meio aos casacos largados no chão. De vez em quando, até compravam algumas coisas, como as meias que Harun está usando hoje. Chamavam essas peças de "aluguel".

O celular toca e Harun dá um salto, a esperança se avolumando feito uma onda, mas não é James.

– Achei que seria gentil comprar aquele creme de mãos para Khala – comenta Ammi, ainda que haja uma mala inteira de presentes para Khala e Khalu, os primos e, naturalmente, as famílias que ele talvez conheceria. – Está perto do Hudson?

O Hudson é um shopping perto de casa.

– Claro – responde ele.

O que é uma mentirinha a mais na montanha fumegante de mentiras?

– E um pouco de gengibre. Quero fazer um chá para você levar no avião.

– Não vão me deixar passar com líquido no controle de bagagens.

– Bom, para tomar antes, então – responde Ammi. – Para preservar a saúde.

A garganta de Harun se fecha. Ele é covarde, mentiroso e um péssimo filho. Logo que desliga, no minuto seguinte, o telefone vibra com uma mensagem de texto. Ele o pega, mais uma vez esperançoso, mas é Amir.

Te vejo em breve, Inshallah.

Inshallah, responde ele.

Harun adentra o parque, guiado pelo piloto automático e pela esperança, e segue até o ponto de encontro na ponte. Ao ver alguém parado lá em cima, sob a cerejeira, onde naquele último dia eles se beijaram, fica confiante mais uma vez. Pode ser ele, diz a si mesmo, ainda que a pele seja muito clara e a silhueta, muito pequena. Além do mais, é uma mulher. Se pelo menos James fosse mulher... Rá.

Estou aqui, escreve Harun.

Não há resposta, mas isso não o impede de ver James por toda parte. Lá está James andando de bicicleta, de calça legging, embora ele se horrorizasse só de se imaginar usando algo tão ridículo. Lá está James fazendo jogging com um carrinho de bebê especial, embora ele odeie se exercitar. Lá está James vindo em sua direção, pelo túnel debaixo da ponte.

Nenhuma dessas pessoas é James, e Harun as odeia por esse motivo. Odeia tudo e todos neste mundo. Se Alá criou o mundo, por que fez Harun errado? Se Alá é amor, por que não é James caminhando pelo túnel, em vez de algum garoto branco?

É nisso que ele está pensando no exato instante em que a garota que não é James despenca da ponte, desabando com um baque alto no garoto que também não é James.

• • •

Na hora em que Freya consulta mais um médico incapaz de ajudá-la e Harun está tentando rezar, Nathaniel emerge numa rua apinhada de Manhattan, sem a menor ideia de onde se encontra.

– Eu perdi o rumo – diz ele, em meio aos transeuntes.

Não se surpreende com a ausência de resposta. Já faz um tempo que é invisível.

Ele seguiu exatamente o trajeto indicado na placa do aeroporto.

Caminhou até a beirada do terminal, subiu no ônibus em direção a Manhattan. Porém, deve ter cochilado, pois acordou com o sibilo da porta do veículo já vazio.

Nathaniel tenta manter o foco, mas está desorientado e exausto. Por causa do voo em plena madrugada, ele tem os olhos avermelhados, a cara amassada.

Na noite anterior, enquanto o avião sobrevoava os campos de um país que ele nunca chegaria a conhecer, os passageiros roncavam à sua volta, com máscaras de dormir e travesseiros de pescoço, tomando comprimidos para criar a ilusão de que estavam em casa. Ele, no entanto, não pregava o olho fazia duas semanas, então não esperava que fosse conseguir no avião. Depois da decolagem, o passageiro do assento à frente inclinou o encosto, fazendo que os joelhos de Nathaniel ficassem colados no peito. Ele passou a noite lendo o exemplar de *O Senhor dos Anéis* do pai e, quando não aguentava mais, passava para o guia de viagem que roubara da biblioteca. À luz fraca da cabine, aprendeu sobre lugares que não veria. O Empire State. O Met. O Central Park. O Jardim Botânico de Nova York. Percorreu as páginas do índice e encarou a folha de papel que recebera do pai: o ponto de encontro.

À luz do dia, pisca os olhos e tenta se orientar. Tudo é novo, muito diferente. Os prédios são mais altos do que as árvores mais altas. A luz atravessa as nuvens, e o barulho é tão alto que ele precisa fechar os olhos para processar os sons (ali, a pancada grave do reggae; lá, o ruído distante de britadeiras; acolá, vozes discutindo; do outro lado, um bebê chorando). Depois de tanto silêncio, está sofrendo um choque de cultura auditivo, se é que tal coisa existe.

Nathaniel é puxado de volta ao presente quando alguém o empurra. É um gesto grosseiro, nova-iorquino até, mas ele aprecia o toque humano. Faz duas semanas que está sozinho, e parece ter sido uma eternidade, então o garoto aceita o que vier.

Ainda assim, quando outro transeunte irritado manda-o se afastar, Nathaniel obedece. Escapa do fluxo de pessoas e se protege sob uma marquise. Dali, pode observar. Há mais gente do que já viu num lugar só, fazendo tudo depressa, desde fumar cigarros até conversar animadamente pelo celular. Ninguém olha para ele.

De fato não tinha levado isso em conta. O povo. A cidade. Sente pesar por não ter tempo de viver essa experiência. Então, aonde mesmo precisa ir? O metrô, uma sopa de letrinhas e números. Era fácil decorar seu trem: apenas A. Segundo o mapa do aeroporto, o ônibus deveria tê-lo deixado bem na esquina de uma estação. Mas ele não está numa esquina e, sim, no meio de um comprido quarteirão. Caminha até a esquina mais próxima. Na placa se lê *42nd Street*. Em frente à rua há um parque, um trecho de verde entre os arranha-céus. É algo bom, inesperado – até o parque parece surpreso em se ver ali –, mas não o ajuda a descobrir onde está nem onde deveria estar.

– Eu perdi o rumo – diz à enxurrada de pedestres. – Alguém pode me dizer para que lado fica o trem A?

No entanto, todos continuam avançando, um organismo de milhões de braços e pernas, e não vários indivíduos, junto a Nathaniel, o aleijado.

No guia de viagem, ele havia lido que Manhattan era bem esquematizada: as avenidas corriam de norte a sul, as ruas, de leste a oeste, os números das ruas iam aumentando rumo ao norte, e as avenidas se dividiam em leste e oeste, sendo que a Quinta Avenida corria pelo meio feito uma espinha dorsal. Caso o turista se perdesse, os marcos podiam ajudar na localização: as Torres Gêmeas ao sul, o Empire State ao norte.

As Torres Gêmeas, como ele bem sabe, desapareceram. Há certo excesso de confiança imprimir num livro esse tipo de marco como placa de sinalização, presumindo que a construção vai sempre estar ali.

"Um dia nós vamos a Nova York", seu pai lhe prometeu, escrevendo na lista da parede interna do armário. "Um dia vamos ao monte Denali."

"E ao Condado?", perguntou Nathaniel, quando ainda era pequeno demais para saber a diferença entre os locais reais e os imaginários.

"Claro. Vamos também."

Táxis amarelos transitam, iguaizinhos aos que apareciam nos programas de TV que via com o pai de vez em quando, entre os documentários. Ele poderia pegar um táxi até o destino final. Puxa a carteira e conta discretamente o restante do dinheiro (o guia alertava: "Cuidado com batedores de carteira e golpistas"). Depois de esvaziar a conta bancária, tinha dinheiro suficiente para a passagem aérea e o bilhete de ônibus de ida e volta do aeroporto, e sobravam cerca de 120 dólares. Uma parte dele sabia que era burrice ir a qualquer lugar, que dirá a Nova York, com uma reserva tão baixa. Mas esse era exatamente o objetivo: retirar a rede de proteção, eliminar a possibilidade de voltar atrás.

Ainda assim, mesmo depois de tanto tempo de prudência e parcimônia, ele não consegue se despir por completo dos antigos hábitos. Decide não pegar o táxi. Não faz ideia de quanto vai custar a corrida. Nathaniel tem cheiro de gente do interior, parece um caipira, e talvez o taxista lhe passe a perna. ("Cuidado com batedores de carteira e golpistas.") Além disso, não sabe como chamar um táxi. Vê os outros acenando, pisando na rua e estendendo a mão, mas suspeita que vá ser atropelado se os imitar.

Pega o celular, com tanta saudade do pai que chega a doer. Digita o número. Três toques antes de cair na caixa postal.

"Me conte algo de bom", diz a voz gravada do pai.

– Oi, pai – fala Nathaniel. – Cheguei.

Desliga o telefone, abre o guia e percorre o mapa central. Encontra a 42nd Street e traça uma linha com o dedo até encontrar um quadrado verde. Fica admirado, aliviado, até entusiasmado ao ver alguma representação, alguma prova de onde está.

O trecho verde é o Bryant Park. A 6th Avenue, que corre a oeste do parque, desemboca no Central Park. Central Park! Era um dos lugares do livro. À esquerda do parque ele vê o grande círculo azul, indicando o trem A. Poderia caminhar até lá. Por que não?

Começa a andar, sentindo a mesma leveza que experimentara ao tomar a decisão de ir até ali. Cruza a 50th Street, as placas espalhafatosas indicando o Rockefeller Center, mais gente num único cruzamento que em toda a sua turma do último ano da escola. Passa pela 54th Street e vê as placas para o Museu de Arte Moderna; embora não entre, sente como se tivesse visitado uma parte. ("Um dia vamos ver a *Mona Lisa*", prometera o pai. Apesar de Nathaniel ter plena certeza de que a *Mona Lisa* não fica ali, tem a sensação de que o pai cumpriu um pedacinho da promessa.)

Ele chega ao Central Park mais depressa do que imaginava. Rápido demais. Vê que a orla do parque a oeste fica ao lado do grande círculo onde se localiza o trem A, mas torna a abrir o mapa do livro. O parque em si se estende até a 110th Street. Ele pode ir andando até lá. Ou cruzar tudo, até o fim. No ônibus, antes de cochilar, tivera um vislumbre do avultante horizonte de Manhattan do outro lado do rio, logo antes de adentrar o túnel. Parecia inconcebível penetrar em tamanha fortaleza, mas lá está ele. Pode se dar ao luxo de demorar um pouco mais. O pai vai entender.

Ao entrar no parque, surpreende-se ao ver como é familiar. É uma natureza totalmente distinta da que existe onde ele cresceu, mas no fim das contas árvore é árvore, flor é flor, pássaro é pássaro, vento é vento.

No céu, o sol está um pouco a oeste do ápice do meio-dia. Ele sabe onde está. Sabe para que lado fica o norte. Abandona a via principal e começa a percorrer uma das trilhas menores. Talvez se perca um pouco, porém já não está sonolento. Sente-se desperto e vivo como há dias não ocorre. Sabe aonde está indo.

A trilha segue serpenteando sob uma pequena ponte arqueada, um portal subterrâneo dentro do parque. Ele examina os tijolos. São tão antigos que a pedra angular que une as duas frestas é quase invisível.

Debaixo da ponte é escuro, o ar tem um cheiro de bolor. Nathaniel prende a respiração, como costumava fazer quando passavam de carro pelos túneis, seu pai o encorajando durante os mais compridos (*está quase lá, camarada*).

Estou quase lá, ele diz ao pai enquanto emerge do túnel. Sente um sopro de ar, que nada mais é do que Freya despencando. Mas não tem tempo de ver, muito menos de compreender, pois ela cai em cima dele e o mundo inteiro escurece.

A ORDEM DA PERDA
PARTE I

FREYA

Com um minuto de vida, cantei minha primeira música. Era essa a história que meu pai costumava contar. Quando nasci, não chorei nem fiz barulho e, por um minuto, o coração dele parou, pois achou que houvesse algum problema comigo. Todos os médicos e enfermeiros vieram correndo. Então fiz um barulho – não o som natural de um bebê, não um grito ou um grunhido, mas algo inegavelmente musical. "Foi um verdadeiro lá sustenido", contava meu pai, que sustentei por pelo menos um ou dois segundos. A equipe médica toda começou a rir, aliviada. "Você nasceu cantando. E desde então nunca mais parou."

"Que besteira", declarava minha irmã Sabrina. "Bebê não faz nada quando nasce, ainda mais cantar." Ela só dizia isso por ciúme. Nosso pai não estava na sala de parto quando ela nasceu, quatro anos antes. Estava se apresentando e, ao receber a notícia de que a mamãe havia entrado em trabalho de parto, Sabrina já tinha nascido. Ainda que ninguém tenha relatado nada, eu arriscaria dizer que ela nasceu não cantando, mas resmungando.

Talvez por meu pai estar na sala de parto, talvez por eu ter nascido cantando ou talvez por sermos parecidos, eu era a preferida dele, e Sabrina, da minha mãe. Era quase como se os dois tivessem acertado guardas separadas antes mesmo do divórcio. Sabrina passava as noites com mamãe, fazendo palavras cruzadas ou organizando os armários da cozinha. Eu desfrutava das tardes com papai, encolhida no minúsculo closet que ele usava como estúdio. Ali, entre caixas de LPs e fitas cassete antigas, tocava para mim gravações de seus artistas favoritos: cantoras americanas como Billie Holiday, Nina Simone e Josephine Baker, e etíopes como Aster Aweke e Gigi. "Está ouvindo como elas cantam suas mágoas? Como cantam o que não conseguem dizer?" Ele me mostrava as fotos dessas mulheres de belas vozes e belos rostos. "Abençoadas duplamente, como o jacarandá. Como você."

Não havia jacarandás em White Plains, onde morávamos na época, mas meu pai já tinha me contado que eles cresciam em Adis Abeba, com magníficos botões roxos e cheirosos, duplamente abençoados. Ele me explicou que no inverno, quando fazia frio, mas não tanto quanto aqui, o ar se enchia do aroma de eucalipto. Contava sobre a comida da mãe dele, da qual sentia tanta falta. O *tibis* que ela fazia, o *shiro*, o bode assado antes dos dias de jejum, a *injera* fermentada. Ele me levava a restaurantes que serviam suas comidas favoritas, e que acabaram se tornando as minhas prediletas também. Deixava que eu bebericasse o café amargo e o doce vinho de mel. Foi ele quem me ensinou a comer com as mãos, sem deixar nada cair. "*Konjo, konjo*", diziam as garçonetes, que se pareciam comigo. "Linda."

Ele prometeu que um dia me levaria à Etiópia. Prometeu que um dia me levaria aos bares de Nova York onde Charlie Parker, Miles Davis e John Coltrane haviam tocado. Prometeu que um dia me levaria para ouvir seu herói, Mulatu Astatke, o músico etíope de jazz cuja carreira ele tentara imitar nos Estados Unidos. "As pessoas achavam que não era possível combinar etíopes e americanos, mas escute só a prova", dizia ele, tocando músicas de Astatke. "E veja a prova", acrescentava ele, sorrindo para mim.

"Cante comigo, Freaulai", pedia ele, e eu obedecia. Sempre que eu cantava, ele fechava os olhos e abria um sorriso. "Nasceu cantando."

"Cala a boca!", gritava minha irmã lá do outro quarto. Como minha mãe, não tinha o menor interesse em Astatke, ou *tibis*, ou em conhecer a Etiópia. "A gente mora aqui", falavam as duas ao meu pai quando ele cogitava que nos mudássemos para nossa terra natal, para mais perto da família dele. "Nós somos a sua família", retrucavam elas.

"Para de cantar!", gritava Sabrina se eu não calasse a boca.

"Me prometa que você nunca vai parar de cantar", sussurrava meu pai a mim.

Eu prometia. Ao contrário dele, cumpri minha promessa.

• • •

Sabrina alega que, antigamente, nossos pais costumavam rir juntos e dançar na sala. Que mamãe ia aos shows do nosso pai e ficava de olhos arregalados, convencida de que o amor era capaz de transpor o enorme abismo entre uma moça judia de Westchester e um músico de jazz de Adis.

Minha irmã afirmava que tudo mudou depois que eu nasci. Seria verdade? Ou era só Sabrina implicando comigo como sempre? Sabrina, que apertava meu pulso até ficar vermelho. "Torcedura de amor", era como chamava, para que eu lembrasse quem me amava. Sabrina, que sussurrava no meu ouvido "Seu bafo é fedido, seu cabelo é ruim" e que ficava com raiva quando eu chorava. "Se as pessoas que te amam não podem dizer a verdade, quem é que pode?"

Quanto aos meus pais um dia terem se amado, eu não sabia ao certo. O *staccato* das brigas e discussões era uma trilha sonora quase tão constante na minha infância quanto as músicas que meu pai tocava para mim. Embora, como tantas outras coisas, eu só tenha me dado conta disso quando o som cessou e o silêncio nos engoliu.

• • •

Quando eu tinha 10 anos, cheguei em casa certo dia e encontrei meu pai acordado, o que era bastante incomum. Ele era motorista de um serviço de transporte noturno da cidade; largava o trabalho tarde da noite e tentava passar um ou dois minutos em algum palco dos bares do Village, que escasseavam cada vez mais. Costumava chegar em casa quando eu e Sabrina acordávamos para ir à escola, e dormia até a hora de sair para trabalhar outra vez. Naquele dia, contudo, ele estava acordado. A mesa estava posta, com as travessas redondas de comida etíope.

Fiquei tão animada em ver a comida e papai em casa que não percebi a mala feita e o estojo do trompete perto do hall. De todo modo, eu não teria ligado. Não era raro meu pai sair para curtas turnês, embora fizesse uns anos que isso não acontecia.

– Aonde você vai? – indagou Sabrina, que tinha notado as malas prontas.

– Minha mãe está doente – respondeu ele, nos servindo generosas porções de comida. – Vou para casa visitá-la.

– Ela vai ficar boa? – perguntei.

Jamais conhecera Ayate. Ela era frágil demais para viajar, e mamãe dizia que não tínhamos dinheiro para ir à Etiópia.

– Ela vai melhorar – respondeu meu pai.

– Quando é que você volta? – perguntou Sabrina.

– Volto logo, Sipara.

Sabrina franziu a testa. Não gostava de ser chamada pelo nome etíope.

– "Logo" quando?

– Logo – repetiu ele. – Querem que eu traga alguma coisa de lá?

– Traz um daqueles vestidos brancos? – pedi.

Eu via os tais vestidos nas funcionárias do restaurante e nas fotos dos meus primos. Eram bonitos, diáfanos e brancos, com bordados delicados. Eu queria muito um.

– Um *habesha kemis*? – Ele sorriu. – Prometo que trago. – Olhou para Sabrina. – Quer que eu traga um para você?

– Não, obrigada.

Terminamos de comer e ele se levantou para sair. Com lágrimas nos olhos, me abraçou com força e cantou, não as músicas de Billie Holiday e Nina Simone que entoávamos juntos, mas "Tschay Hailu", a suave canção de ninar que costumava murmurar para mim todas as noites. *Eshururururu, eshururururu, ye binyea enate tolo neyelete dabowen baheya wetetune beguya yezeshelet neye yezeshelet neye.*

– Cante comigo, Freaulai – pediu, e eu cantei.

Quando a música acabou, ele me afastou, segurando-me com os braços estendidos, as lágrimas rolando.

– Prometa que você nunca vai deixar de cantar.

Eu prometi como sempre.

Ele secou o rosto, apanhou a mala e o trompete e saiu. Corri atrás, até a entrada.

– Não esqueça o vestido branco! – gritei.

Mas ele já estava longe.

• • •

Cinco semanas depois, minha avó morreu. Eu chorei, não de tristeza, mas porque meu pai ficaria para o funeral e para resolver umas questões dela. Já não aguentava de saudades dele; a família parecia uma cadeira de três pés, instável.

– Quanto tempo mais? – perguntei durante a ligação chiada, dois meses depois de ele ter partido.

– Pouco tempo.

– E você não vai esquecer o vestido branco?

– Não vou esquecer.

Desliguei o telefone. Sabrina estava parada perto de mim. Conversara com ele só por uns instantes, com respostas monossilábicas de sim e não. Parecia não sentir a menor falta dele. Por que sentiria? Ela era a preferida da nossa mãe, que ainda estava por perto.

Com os braços cruzados, Sabrina me olhava, exibindo a mesma expressão maldosa de quando apontava algum defeito meu.

– Você sabe que ele não vai voltar, certo?

– Como assim?

– Ele agora está em casa. Não quer voltar.

– Mas a gente está aqui.

– Mamãe ia expulsá-lo, de qualquer forma – disse Sabrina. – Acha que ele ia voltar só por sua causa?

– Você está sendo cruel.

Ela me encarou. Tinha 14 anos, mas já ostentava um olhar capaz de intimidar um adulto.

– Ele levou o trompete, Freya. Por que faria isso se pretendesse voltar?

– Talvez quisesse tocar umas músicas para Ayate.

– Ele não vai voltar.

– Vai, sim! – gritei. – Você só está com ciúme porque ele me ama mais! Porque eu sei cantar. Ele vai voltar!

Ela nem parecia brava. Olhava para mim quase com pena. Porque ela sabia. Sabrina sempre sabia.

– Não vai, não.

• • •

Alguns meses depois, recebi uma encomenda pelo correio. Os selos exibiam caracteres garranchosos e indecifráveis em amárico e informavam que o pacote fora postado semanas antes.

Dentro, encontrei um vestido branco. Era lindo. Diáfano, com bordados roxos e dourados. Coube direitinho em mim. Havia um bilhete do meu pai: *Eu prometi.*

Foi quando eu soube que Sabrina estava certa.

Joguei o vestido no lixo. Então fui até o meu quarto e comecei a chorar na cama.

– O que deu em você? – perguntou mamãe, ao me encontrar aquela noite.

Somente umas semanas depois ela se sentaria comigo e com Sabrina num reservado do Star Diner e anunciaria, em tom solene, o que nós duas já sabíamos: ela e nosso pai estavam se divorciando. Ele ficaria em Adis no futuro próximo, mas os dois combinariam uma forma de nos encontrarmos. Outra promessa não cumprida.

Não respondi à minha mãe. Só continuei chorando no travesseiro.

– Não sei o que há com ela – ouvi-a dizer a Sabrina. – Nem como ajudá-la.

Essa função era do meu pai. Era ele que se sentava comigo quando eu estava doente ou assustada. Era ele que não pedia explicação quando eu às vezes me via tão sufocada pelas emoções que não sabia o que fazer. "Cante o que não consegue dizer, Freaulai."

Eu ainda chorava quando ouvi o rangido da porta. Não era minha mãe, que entrara ali várias vezes e me pedira que parasse com aquilo. Era Sabrina.

Em silêncio, minha irmã se acomodou na cama. Então, ela, que não gostava de ser abraçada, beijada ou sequer tocada, enroscou o corpo no meu.

– Não se preocupe – murmurou. – Eu vou cuidar de você agora.

Mas eu não acreditava. Sabrina, que me enchia de beliscões de amor e críticas destrutivas? Que odiava *shiro* e *tibis*? E que me mandava calar a boca quando eu cantava? Como ela poderia cuidar de mim?

Parecendo escutar meus questionamentos, minha irmã começou a cantar para mim: *Eshururururu, eshururururu, ye binyea enate tolo.* Eu nunca a ouvira cantar, nem nos dias festivos. Até desconhecia que ela sabia cantar. E, ainda assim, ela entoou a canção de ninar, num tom de voz límpido. Cantou como se também tivesse nascido cantando.

– Canta comigo – pediu ela.

Foi o que fiz: *Eshururururu, eshururururu, sefecheme azeyea segagere azeyea seserame azeyea sehedeme azeyea yenima biniyea werede ke jerbayea.*

Ficamos ali deitadas, cantando, harmonizando, sem o menor esforço. Nossas vozes se combinavam à perfeição, naturalmente, de um jeito que nunca havia acontecido na vida real.

Nós cantamos e eu parei de chorar. Acreditei que, enquanto cantássemos juntas, eu ficaria bem.

A ORDEM DA PERDA
PARTE II

HARUN

Quando eu tinha 9 anos, Ammi anunciou que a família de sua irmã, lá do Paquistão, estava vindo nos visitar. Fiquei muito empolgado. Não conhecia Khala, nem Khalu, nem meus três primos. Usna tinha 19 anos, velha demais para despertar interesse, mas os gêmeos, Amir e Ayisha, eram da minha idade. A menina, espalhafatosa e rebelde, logo fez amizade com minha irmã mais nova, Halima, e as duas viviam fugindo para a loja de conveniência para comprar bolinhos e Doritos.

Acabei ficando mais com Amir, que era pequeno, quieto e circunspecto, o oposto da irmã. Não queria ir ao cinema, nem jogar minigolfe, nem ir a Manhattan ver os pontos turísticos. Então ficávamos em casa, disputando jogos de tabuleiro ou estirados no quintal, observando os aviões decolarem do aeroporto de Newark.

– Esse é o voo 17 da Continental Airlines, rumo a Los Angeles – falei para Amir.

Ele perguntou como eu sabia e mostrei o caderno onde anotava os pousos e as decolagens de todas as companhias. Eu o mantinha escondido desde que Saif me alertou que, se alguém visse aquilo, teria a impressão errada. Mas Amir não achou o caderno estranho e, quando confessei meu sonho de ser piloto, ele também não achou maluquice.

– Você pode voar para o Paquistão e ir me visitar – concluiu Amir.

Amir ia rezar todos os dias com o pai; naquela semana eu me juntei a eles, ainda que normalmente eu só fosse com Abu às sextas-feiras e nos dias santos.

– Seu primo está te fazendo devoto – dizia Abu.

– Seu primo está te transformando num bundão – resmungava Said.

Certo dia, cheguei da mesquita e encontrei Ammi e Khala sentadas à mesa de jantar, onde minha mãe costumava trabalhar, com os livros contábeis espalhados, a caneca de chá fumegante. Minha tia se queixava de Ayisha, que andava comendo porcaria e jogando as provas do crime no lixo. Ammi descobriu porque ela descobria tudo, fossem recibos desaparecidos ou travessuras infantis.

– Ela já está tão gorda... – reclamou Khala, balançando a cabeça.

– Ela não deveria mentir – disse Ammi, registrando as informações de um recibo e transferindo-o de uma pilha a outra.

– Fico mais preocupada com a gordura que com a mentira – retrucou minha tia. – É mais gordura ainda.

Ammi deu um muxoxo de desdém.

– Ela já está em desvantagem – prosseguiu Khala. – Amir deve ter roubado toda a beleza dela quando eu estava grávida. Seria mais fácil arrumar um marido para Amir que para Ayisha.

Eu não entendia plenamente a conversa, mas a ideia de arrumarem um marido para Amir me fez sentir um estranho frio na barriga.

Depois disso, não consegui evitar olhar para Amir. Ele *era* bonito. Tinha cílios longos, invejáveis, cachos que pendiam caprichosamente no alto da testa e lábios vermelhos e brilhosos, como ficavam os de Halima ao usar o gloss de cereja que guardava escondido na mochila. Eu observava seu biquinho quando ele bebia refrigerante de canudo, imaginando como deveria se sentir aquele canudo entre os lábios de meu primo.

– *Que foi?* – indagou Amir, ao me flagrar a encará-lo tomando Sprite.

E lá veio o friozinho.

No dia seguinte, durante a prece do *'Asr*, eu me peguei distraído, entoando as rezas, enquanto fitava a orelha dele. Como eu nunca tinha notado aquelas orelhas antes? As curvas, as dobras, os delicados lóbulos, que em certas pessoas, como Abu, eram colados ao pescoço, mas em Amir ficavam soltos. Toquei minha orelha como se pela primeira vez, e o friozinho retornou.

Naquela noite, todos nos reunimos para assistir a um filme. Escolhemos *Aladdin*, porque os primos nunca tinham visto - Khalu desaprovava a maneira como o Islã era retratado.

- E também - acrescentou Amir - as vestes desavergonhadas de Jasmine.

Todos nos reunimos no porão e ligamos a TV. As crianças mais velhas pareciam entediadas. Saif tentava entoar todas as falas de Robin Williams, mas fazia muito tempo que não via o filme, então errava tudo.

- Psiu! - chiei, pelo bem dos primos.

- Esse filme é uma droga - disse meu irmão Abdullah.

- Estou me lembrando de algumas coisas - comentou Saif. - Eu tinha várias fantasias com a Jasmine.

- Essa conversa não é apropriada para as crianças - resmungou Usna, com um ar afetado.

- Elas nem sabem do que a gente está falando - replicou Saif.

Eu sei, quis retrucar. Só que não era verdade. Não inteiramente, embora tivesse certeza de que dizia respeito à conversa de Ammi e Khala sobre Amir e ao estranho frio na minha barriga.

Eu sabia que Jasmine era bonita e se vestia de maneira sensual, e sabia que era um objeto de desejo, pela forma como meu irmão falava. Mas eu não ligava para Jasmine. Era de Aladdin que eu não despregava os olhos. Ele tinha um rosto lindo, delicado, meio parecido com o de Amir. E as cenas de Aladdin sem camisa me provocavam ainda mais aquela sensação esquisita.

Terminamos de assistir ao filme e começamos a ver *A Pequena*

Sereia, mas o DVD estava arranhado, então, no meio do filme, nós desistimos e fomos para a cama.

Havíamos nos reorganizado para acomodar a todos. Eu e Amir tínhamos sido relegados a um colchão de ar furado na sala. Já fazia três semanas que dormíamos lá e nada acontecera, exceto por uma ou duas cãibras no meu pescoço.

Naquela noite, sonhei com Aladdin. Estávamos num tapete, não o do filme, mas o da mesquita. Eu sentia o cheiro almiscarado do tapete no sonho.

Aladdin estava sem camisa e eu corria a mão por sua pele macia. Ele não era um desenho; era real. No sonho, tinha o rosto de Amir. E estávamos voando. E eu me agarrava a Amir como Jasmine se agarrara a Aladdin.

O colchão se mexeu. Abri os olhos de leve e o frio na barriga se intensificou, trazendo um arrepio por todo o meu corpo e uma pulsação entre as pernas.

Uma brisa fria soprou por uma fresta da janela. Eu abri bem os olhos e vi que, em meio ao sonho, havia abraçado Amir. Minha mão estava em seu peito, quente e suado. Senti o coração pleno. Naquele momento compreendi quem eu era.

O colchão se remexeu e Amir abriu os olhos.

– O que...? – ele começou a perguntar, da mesma forma culpada como perguntara mais cedo, ao achar que seria castigado por beber refrigerante demais.

Fitou a minha mão.

– O que você está fazendo?

Afastei a mão.

– Mosquito – menti.

Ele rolou para o lado e voltou a dormir, mas fiquei ali deitado, rígido, temendo que ele fosse perceber, se eu me aproximasse demais, que havia algo de muito errado comigo, da mesma forma como eu de súbito percebera. Na noite seguinte, me transferi para o sofá, alegando que Amir chutava, e depois disso passei a recusar seus pedidos para que observássemos os aviões. Ele pareceu magoado, mas a mágoa era melhor que o nojo.

Na sexta-feira seguinte à partida dos primos, Abu me perguntou se eu gostaria de participar da prece do *'Asr*. Eu gostava de ir à mesquita, de passar um tempo sozinho com ele. Mas havia aprendido que Alá era capaz de enxergar dentro de nossos corações. Ele me veria. Eu sabia que não podia deixar aquilo acontecer. Disse a Abu que não queria mais ir.

Abu suspirou e franziu a testa, mas não argumentou. Saif tinha pavimentado o caminho para mim. Abu achou que fosse apenas rebeldia, que eu só estivesse bancando o americano. Deixei que ele pensasse isso.

Foi a primeira vez que menti para ele.

A ORDEM DA PERDA
PARTE III

NATHANIEL

Quando eu tinha 7 anos, meu pai leu *O Senhor dos Anéis* para mim pela primeira vez.

– Não conte à sua mãe – sussurrou ele.

– Por que ele ainda está acordado? – perguntou minha mãe, em tom de crítica.

Já se passara meia hora que estávamos lendo e eu ficara mais desperto do que nunca, a cabeça tomada por orcs e elfos.

– É para botar o garoto para dormir – acrescentou ela.

Então meu pai ocultou o exemplar sob as cobertas e piscou para mim.

– Eu e você – murmurou ele, depois que ela saiu. – Como Frodo e Sam.

– A sociedade do livro – respondi, com uma risadinha.

– Uma sociedade de dois.

Ele pegou uma caneta e rabiscou algo na margem do volume antes de escondê-lo debaixo da cama.

Uma sociedade de dois – mais a mamãe. Nós dois vagando pela floresta, um dia procurando cogumelos comestíveis, em outro, Ents. Nós dois passando a noite acordados para ver um eclipse lunar (invisível aos nossos olhos, graças às nuvens onipresentes). Nós dois escalando árvores, construindo fortalezas ou partindo numa viagem de carro improvisada, sem dar a mínima para a aula do dia seguinte e para o fato de não termos levado uma muda extra de roupa.

– Por que precisaríamos disso, camarada? – dizia meu pai. – Temos um ao outro. É só do que precisamos.

Quando mamãe anunciou que estava indo embora, eu nem fiquei tão triste. Afinal de contas, tínhamos um ao outro.

– Sinto muito, Nathaniel – disse ela. – Não aguento mais ter que cuidar de duas crianças.

Ela quis que eu me mudasse com ela para a Califórnia, um lugar ensolarado.

– Não parece legal?

Não, não parecia. Eu não queria ir para a Califórnia. Queria ficar ali, na minha casa, com meus amigos e meu pai. Afinal de contas, éramos uma sociedade.

– Não vou deixar você sozinho com esse criançaão – retrucou minha mãe.

Quando contei isso ao meu pai, ele chamou vovó Mary para morar com a gente.

– Se ela é tão madura, por que está fugindo feito uma criancinha de 8 anos? – perguntou vovó no dia em que se mudou.

Largando a mala florida no hall, extraiu um par de luvas de borracha da bolsa, como se previsse – corretamente – a pilha de louça suja na pia.

– Deixa pra lá – disse-me ela, enquanto esfregava um ovo grudado no prato havia três dias. – Eu criei seu pai, e vou criar você. – Ela olhou para meu pai, que estava no sofá, de pijama, lendo os quadrinhos do jornal. – Vou criar os dois, ao que parece.

Papai piscou para mim e, sem uma palavra, eu soube o que ele estava pensando. Éramos só nós. Uma sociedade de dois.

Vovó Mary passou a ocupar o antigo quarto dos meus pais, e papai se mudou para a cama extra do meu quarto. E, dessa maneira simples, pareceu abdicar completamente de um papel ao qual, desde o início, nunca se adequara. Nada de pai e filho; agora éramos uma irmandade. Ficávamos acordados até tarde da noite, falando sobre tudo e mais um pouco: havia vida inteligente fora da Terra? Papai tinha certeza que sim. Será que não estávamos vivendo de verdade, mas fazíamos parte de um videogame manipulado por alguém? Papai considerava uma possibilidade. Conversávamos sobre os lugares aonde iríamos um dia. Papai queria visitar os templos escondidos de Angkor Wat. Eu queria ir a Nova York, porque começara a ver *Saturday Night Live* e queria assistir a uma gravação do programa.

– Combinado e combinado – prometeu papai, acrescentando os locais à nossa lista. – Vamos fazer isso tudo. Vamos conhecer o mundo juntos.

– Uma sociedade de dois.

A vida correu assim durante anos. Eu ia à escola, jogava futebol no outono, beisebol na primavera. Estava me saindo muito bem como receptor e primeira-base, e o treinador disse que eu talvez pudesse integrar uma liga independente. Vovó Mary fazia as compras de mercado e a limpeza e cuidava de mim e do papai.

Papai ainda trabalhava como assistente de TI, mas já não tinha emprego fixo; ele dizia que atuava como freelancer. Mamãe chamava o serviço dele de outra coisa, mas depois de uns anos se casou de novo e teve outro filho, então parou de reclamar da ocupação do papai e de me perguntar se eu queria morar com ela na Califórnia.

Vovó Mary era uma criatura metódica. Vestia o mesmo avental todos os dias. Ia à missa todo domingo. Cheirava a Nivea e Palmolive, e vivia tossindo. Por isso não percebemos logo de início quando a tosse começou a piorar, a ficar mais curta e seca. E ninguém percebeu os lenços sujos de sangue onde vovó cuspia, pois ela jogava na privada.

Quando ela pegou uma gripe que virou pneumonia, o raio X do tórax revelou câncer de pulmão. Estágio 4, disseram os médicos.

Eu tinha um colega de equipe chamado Tyler, cujo pai morrera pouco tempo antes de câncer de cólon. Foi ele quem me explicou o que era estágio 4. Papai se recusava a acreditar. Insistia que a mãe ficaria boa.

– No estágio 4 ela não vai, não – afirmava Tyler.

– Meu pai vai dar um jeito – eu garantia a Tyler, pois era nisso que papai insistia.

Ele passava horas na internet, adquirindo cristais curativos num dia e pó de cartilagem de tubarão no outro. Em certo momento, estava prestes a comprar passagens aéreas para Israel, onde era oferecido um novo tratamento com células-tronco, mas se frustrou ao ter o pagamento recusado.

– Ela vai sair dessa – repetia ele.

Enquanto isso, vovó ia piorando. Passou por dois ciclos de quimioterapia, então deu um basta.

– Como posso cuidar de vocês dois se fico correndo para o banheiro de cinco em cinco minutos? – questionou ela.

Um dia, ao voltar do treino de beisebol, cheguei em casa e encontrei vovó Mary caída no chão. Papai estava sentado ao lado dela, de pernas cruzadas, segurando sua mão, as lágrimas correndo pelo rosto.

– Ela morreu? – perguntei.

– Não sei, não sei – respondeu papai.

Corri até ela, encostei um dedo em seu pescoço, como vira na TV, e senti a pulsação. Eu só tinha 11 anos, mas mantive a calma, como se já soubesse o que fazer, como se viesse me preparando para aquele momento.

Quando os paramédicos chegaram, um deles indagou:

– Há quanto tempo ela está inconsciente?

Olhei para papai, que continuava sentado no mesmo lugar do chão, ainda que estivesse atrapalhando os paramédicos.

– Quanto tempo?

– Não sei. Não sei – respondeu papai, balançando o corpo para a frente e para trás.

Mary ficou três semanas no hospital. Os médicos achavam que ela não teria alta.

– Uma ova que não vai ter – retrucou papai, insistindo em levá-la para casa. – O que ela precisa é dar o fora deste lugar, se afastar de todos esses venenos que estão injetando nela.

Mary não estava em condições de tomar tal decisão; papai era o adulto oficial. Os médicos não tiveram outra escolha a não ser acatar.

Fui eu, no entanto, quem conversou com o coordenador do hospital. Quem preencheu toda a papelada, quem mandou papai assinar na linha pontilhada e providenciou um leito para nossa casa e um enfermeiro para nos atender.

Ele se chamava Hector. Vinha quase todos os dias durante todo o verão que vovó passou à beira da morte. No início só ficava cerca de uma hora, para dosar os analgésicos e conferir se ela se sentia confortável.

– Cadê seu pai? – perguntava ele a mim, nos dias em que papai se ausentava.

– Ah, no trabalho – eu mentia.

Não sabia onde ele estava. Dando uma caminhada. Jogando sinuca. Caçando a cura do câncer no meio da mata.

À medida que vovó Mary foi piorando, Hector ficava cada vez mais tempo, a tarde toda, até no final, quando ela só fazia dormir. Às vezes passava um tempo comigo na cozinha, e um dia fritou para mim o que parecia ser uma banana verde, mas descobri que era banana-da-terra, uma delícia. Outra vezes ele se sentava com Mary, esfregava loção em suas mãos, penteava seus cabelos, conversava com ela, cantava para ela.

– Ela consegue te ouvir? – perguntei-lhe certa vez.

– Acredito que sim.

Ele me chamou para perto. Eu não gostava de ficar naquele quarto de doente. Tinha um cheiro azedo, como leite talhado, e vovó emitia um chiado horrível em sua luta para respirar. Com Hector, no entanto, eu não sentia tanto medo.

Fiquei a seu lado enquanto ele cuidava de minha avó, com semblante sereno, feliz até. Eu não compreendia.

– Não é triste ver tanta gente morrendo? – indaguei.

– Todos nós morremos – disse Hector, esfregando os punhos de Mary. – É a única certeza que temos na vida, e a única coisa que temos em comum com todo o resto do planeta.

Ele soltou a mão dela e a pôs na minha. Pude sentir a pulsação de minha avó, ligeira e fraca.

– Eu considero uma honra estar com as pessoas enquanto elas partem deste mundo – revelou ele.

– Uma honra?

– Uma honra. E um chamado. Sabe, eu tinha a sua idade quando percebi que queria fazer isto.

– Sério?

– Talvez não de maneira tão concreta, mas sim. Eu vi minha avó morrer. Foi onde eu morava, em Washington Heights, Nova York. Ela tinha passado semanas quase sem falar, mas, logo antes de falecer, se levantou, voltando à vida, e ficou duas horas conversando com alguém que havia no quarto. Em espanhol. Eu não falava espanhol, então soube que ela não estava falando comigo.

– Estava conversando com quem?

– Só ela sabia de verdade, mas eu tinha certeza de que era com meu avô. Fazia vinte anos que ele havia morrido. Nunca cheguei a conhecê-lo. Só que naquele momento eu soube que ele estava no quarto, para levá-la ao além.

Senti um arrepio na espinha.

– Eu vi isso acontecer incontáveis vezes – prosseguiu Hector. – Os moribundos falando com os mortos. Os mortos levando os moribundos para o além.

– O que *é* o além?

Ele sorriu.

– Isso eu já não sei. Infelizmente a gente só descobre quando chega a nossa vez, e então já não estamos em condições de voltar para contar.

Duas semanas depois, vovó Mary morreu, tranquilamente. Se alguém veio levá-la para o além, chegou em silêncio.

– Só nós – disse meu pai, quando o corpo de vovó foi levado.

Pela primeira vez, pareceu menos uma promessa e mais uma ameaça.

2

ESTÁ TUDO BEM

Está tudo bem, Nathaniel tenta dizer.

Só que não parece capaz de falar. Nem de se mexer. Nem de pensar direito. Nem de ver a pessoa embaçada flutuando acima dele, afagando sua testa, pedindo que ele acorde, por favor.

O carinho, porém, é gostoso.

Todo o resto, nem tanto.

– Está me ouvindo? – pergunta a voz. – Consegue se mexer?

É uma bela voz. Mesmo naquele estado, ele percebe isso. Se uma voz exalasse fragrância, essa cheiraria a tâmaras.

Vovó Mary costumava comprar tâmaras secas. Eles comiam e cuspiam os caroços no jardim, esperando que uma árvore crescesse, mas as tâmaras crescem no deserto e ele mora na mata.

Morava na mata.

Há uma respiração em seu pescoço, quente e sussurrante.

– Abra os olhos – diz a respiração. – Acorde. Por favor.

É o *por favor* que faz efeito. Guarda algo tão inseguro, tão lastimoso... Como não obedecer?

Dois olhos o encaram. Talvez sejam os mais lindos que ele já viu. E os mais tristes. Tão tristes quanto os olhos dele... aliás, *o olho* dele. Só que não são verdes, mas castanhos.

– Qual é o seu nome? – sussurra a pessoa carinhosa no ouvido dele.

E aquela voz... Sente um arrepio no corpo, não porque a voz é bonita e cheira a tâmaras, mas por ser familiar. O problema é que isso não é possível, porque ele não conhece ninguém em... Onde é que ele está? Não importa. Não conhece ninguém no mundo com uma voz dessa.

– Qual é o seu nome? – repete a voz.

Seu nome. Ele sabe o próprio nome. Está logo ali, na prateleira mais alta no fundo do armário. Só precisa pegar. É...

– Nathaniel – diz a voz. – Nathaniel Haley. É você?

Isso! É ele! Como é que ela sabe?

– Do estado de Washington.

Isso!, ele quer gritar. De uma casa à beira de uma mata que foi engolida. Como ela sabe?

– E você chegou aqui... hoje.

Isso. Isso. Isso. Mas como ela sabe?

– Bem-vindo a Nova York – diz ela. – Dica de profissional: não guarde a carteira no bolso. Qualquer velhote consegue pegar.

A carteira. Ele tenta apanhá-la. Vê um porta-notas. Uma foto.

– Você consegue se sentar? – pergunta a Carinhosa.

Nathaniel não quer se sentar, mas todos aqueles dedos, e aquela voz, chamam *Nathaniel, Nathaniel, volte*. E a voz, que dá até nervoso de tão familiar, e tão linda, parece uma canção. Ele consegue se erguer. Para ver a voz.

Por um agradável instante, vale a pena o esforço para estar frente a frente com aquele rosto. Até que...

A dor se atrasa, mas chega – a dor sempre chega, ele sabe disso –, e uma sinfonia ecoa em sua cabeça, e o estômago se revira em resposta. Isso piora tudo. Ele está à deriva, fora deste mundo. Precisa de uma âncora, que encontra nos belos olhos tristes da Carinhosa.

Um pequeno filete de sangue – dois, pois tudo está duplicado – escorre pela têmpora e pela bochecha dela. Parece uma lágrima, e por um segundo Nathaniel pensa que ela está chorando por ele.

No entanto, sabe que não é possível. Lágrimas não têm cor de sangue, e ninguém chora por ele. Mesmo assim, fica hipnotizado pelo rastro que as lágrimas de sangue deixam na bochecha da moça. É a mais bela flor, a mais linda cicatriz. Estende a mão para tocar seu rosto. Embora tudo esteja torto, turvo e duplicado, ele não erra e, embora seja linda e desconhecida, ela não se afasta.

• • •

Não, Freya não se afasta, mas seu estômago também se revira. *Ninguém me toca mais assim*, pensa ela. É um pensamento estranho, pois ultimamente é tocada o tempo todo por estilistas e treinadores, por sua mãe, por uma série de médicos, por Hayden e os executivos da gravadora. Eles a pegam nos ombros, nas pernas, na cintura, só um instante para além do confortável. Todas essas pessoas que estão lá com ela, para ajudá-la, têm toques que parecem mortos, mas o daquele estranho acaba de fazer seu coração palpitar.

Que porra é essa?

• • •

O sangue da bochecha dela está no dedo de Nathaniel. Ele não sabe como agir. Limpar? Lamber? Fazer transfusão?

– Ei, você – chama a Carinhosa. – Acha que pode dar uma mãozinha aqui?

O "você" em questão se aproxima e começa a estalar os dedos bem na cara de Nathaniel.

É extremamente desagradável.

– Acho que isso não é necessário – diz a garota. – Ele está acordado.

Os estalos continuam.

– Tudo bem? – indaga o Estalador.

Está tudo bem, não está? Os outros às vezes perguntavam isso a Nathaniel – os colegas de equipe, as garotas que viviam alvoroçadas atrás dele, os treinadores que o consideravam promissor. *Está tudo bem?*, perguntavam. Depois que mamãe foi embora. Depois que vovó Mary morreu. Depois que ele perdeu o olho. *Está tudo bem, não está?*

(*Só nós, camarada.*)

Mais tarde, Nathaniel se deu conta de que não era exatamente uma pergunta. As pessoas queriam se tranquilizar, se livrar da situação difícil. Então, por mais que nada estivesse bem, nada certo, por mais que ele fosse um sapo fervendo numa panela, por mais que estivesse sendo tragado pelo chão sob seus pés, ele respondia: "Está tudo bem."

Uma mentira deslavada. Quando é que está *tudo* bem?

Mas as pessoas engolem. Elas sorriem. Seu alívio é sempre palpável e sempre doloroso, pois Nathaniel mais uma vez se permitiu crer que a preocupação era genuína. Igual a Charlie Brown, com aquela bola idiota de futebol americano.

Se precisar de alguma coisa, é só falar, dizem eles, recitando um script. Percebendo a deixa, Nathaniel responde: *Pode apostar.* E dói ainda mais por ele se permitir acreditar.

Não. Ele não cai nessa de novo. Não vai terminar estatelado no chão. Já está, na verdade.

Ele começa a se levantar.

– Ajuda ele – pede a Carinhosa.

Ela pega uma das mãos, e o Estalador pega a outra.

Dá aqui a mão, Nat, falava seu pai ao ensiná-lo a escalar árvores, cada vez mais alto, acima das copas, de onde ele afirmava que era possível ver até o Canadá. A mãe ficava morrendo de raiva. "Não sei quem é mais criança."

Nathaniel se acha mais estável agora. Está bem.

(Não exatamente bem, porém mais firme.)

Só precisa de um momento para se recompor, para se localizar, para se apoiar em dois estranhos antes que eles soltassem suas mãos.

– Tudo bem? – indaga outra vez o Estalador.

– Está... – ele começa a dizer, para livrar os dois da culpa.

Então, antes de terminar a frase, antes de poder falar *tudo bem*, ele vomita. Bem nos pés da Carinhosa.

• • •

Freya encara os próprios pés. Todos sujos de vômito. Ela anda de pavio curto ultimamente. Tudo a irrita: sinais de trânsito muito demorados, a previsão do tempo errada em três graus, tudo que todo mundo diz.

Um estranho aleatório acaba de vomitar em seus pés.

E ela sente vontade de chorar, mas não por nojo ou irritação.

Que porra é essa?

Ela pede licença e vai se limpar.

• • •

A covardia de Harun é indiscutível.

Ao ver a garota despencar da ponte em cima do rapaz, qual foi seu primeiro impulso? Correr para ajudar? Chamar uma ambulância? Pedir socorro?

Não, fugir.

Mais uma vez, para reforçar: a covardia dele é indiscutível.

Harun quis correr por causa da terrível sensação de ser responsável pelo acidente. Instantes antes ele estava maldizendo aquelas duas pessoas por não serem James. Por mais que não tivesse pedido aquilo com palavras, foi sua intenção – e é isso, ele sabe, que Deus escuta. As pessoas mentem o tempo todo a respeito de seus desejos, mas as intenções são sinceras.

Então, a princípio, ele ficou de braços cruzados, tentando pensar na oração apropriada a quem acidentalmente pede que Deus faça uma maldade com alguém. *As'alu Allah al 'azim rabbil 'arshil azim an yashifika* foi a única coisa que conseguiu pensar, rogando a Alá que curasse os dois. (Já havia desistido de pedir cura para si mesmo.)

Contudo, gostaria que ficasse registrado, quando visse a pilha de corpos, imaginando os dois mortos ou no mínimo gravemente feridos por seus pensamentos, que havia saído de seu estado de fuga e se aproximado, planejando Fazer a Coisa Certa – uma manobra de reanimação, um telefonema à polícia, a prece correta.

Naquele momento, no entanto, os corpos se desengancharam e a parte feminina da confusão se levantou. Ele estava perto o bastante para ver o rosto da moça: as maçãs do rosto acentuadas, os olhos oblíquos e salientes, o pescoço altivo. E ela havia pedido ajuda a ele. Com aquela voz.

"Um dia nós vamos conhecê-la", disse James enquanto se debruçavam com a cara no celular, assistindo a um dos vídeos dela. "Vamos falar que sempre fomos seus primeiros e maiores fãs. Ela vai estourar, mais até que a Beyoncé, mas vamos ser melhores amigos. Ela vai cantar no nosso casamento."

Afirmações como aquela faziam Harun perder o ar. Já era ousadia demais imaginar um futuro com James, que dirá pensar em casamento, ainda mais um casamento onde estaria a cantora favorita de James, que nem os conhecia.

Agora, enquanto observa a moça tirar os sapatos e lavar os pés com uma garrafa de água mineral, três pensamentos passam por sua cabeça.

O primeiro é: *Não pode ser ela.* Simplesmente não tem como. Não neste parque, neste dia. É uma invocação da parte dele, na tentativa de trazer James de volta.

O segundo: *James, cujas últimas palavras para mim foram "Sai da minha vida, merda".*

O terceiro: *Se for ela, James vai ter que me perdoar.*

O jovem que ele está segurando se remexe, e Harun desvia o olhar da garota. Agora nota que o rapaz é muito bonito, o tipo de gato branco que James chamava de "docinho".

– Estou bem – repete o docinho, mesmo bamboleando como bambu numa ventania.

Ela (não consegue nem pensar no nome dela) retorna, descalça, e segura o docinho cambaleante de bambu. Harun não consegue encará-la, então fita seus pés. Que ainda estão molhados.

– Obrigada pela ajuda – diz a moça, naquela voz rouca.

– Hã – responde Harun.

– Está tudo bem – garante o docinho.

Não é o que parece a Harun. Além do bamboleio, há os olhos. De duas cores diferentes. Uma queda é capaz de causar isso?

– Tem alguém para quem podemos ligar? – indaga ela.

James, pensa Harun. Mas não, o assunto não está girando em torno dele. Vira-se para o bambu cambaleante, que estreitava os olhos como se tentasse calcular a raiz quadrada de 17.432.

– Meu pai? – responde Nathaniel, por fim.

– Seu pai. Então seu pai está aqui? – pergunta ela.

Nathaniel balanceia e faz que sim.

– Tem alguma forma de contactá-lo?

Harun vê o telefone na trilha, junto aos outros pertences espalhados de sua mochila. Ele se arrasta para pegá-lo.

– Será que você consegue ligar?

O bambu abre o telefone, um daqueles jurássicos de *flip*, e aperta um botão. O toque é audível a todos. A caixa postal atende.

"Me conte algo de bom", diz uma voz masculina.

O recado irrita Harun. E se não houver nada de bom? E aí?

Há um longo bipe, seguido por uma voz robótica informando que a caixa postal está lotada. Harun conclui que ele deve ser minoria, pois muita gente teve boas notícias para compartilhar.

– Talvez seja melhor levarmos você a um hospital, Nathaniel – opina a moça, virando-se para Harun. – Ele parece bem desorientado.

Ora, um ser humano despencou em cima dele. Por mais que esse ser humano seja *ela* (ele tem quase certeza), deve ter doído à beca. Harun desconfia de que o garoto tenha sofrido uma concussão. Abdullah uma vez levou uma pancada com um taco de críquete e esqueceu o endereço de casa e o dia do aniversário.

– O que acha? – pergunta ela.

Harun demora um momento para perceber que *ela* está pedindo a opinião dele. Acaba respondendo com outro grunhido muito útil.

– Consegue descobrir se tem algum aqui por perto?

– Sim, sim, hospital, hospital – diz Harun, recuperando a fala, porém duplicada.

Ele pega o celular, muito aliviado por dirigir a atenção a algo que não seja *ela*. Mas seu polegar tem vontade própria, pois pousa no ícone de um aplicativo, tentadíssimo a contar a James com quem ele está, tirar uma foto às escondidas. Sem dúvida, se James soubesse, iria amolecer. E o aceitaria de volta.

– Encontrou? – pergunta ela.

Harun sente as orelhas vermelhas, pois o pobre garoto claramente está passando mal e ele não consegue pensar em outra coisa senão em James.

Será que algum dia vai conseguir não pensar? Amir lhe prometera que sim, que um dia ele vai olhar para trás sem acreditar que aquilo aconteceu. Tudo vai desaparecer.

Ele reza para que sim.

Ele reza para que não.

Ela pigarreia.

Harun rapidamente acessa o mapa e encontra uma clínica de emergência.

– Sim, sim. Tem uma na Columbus Avenue. Diz que fica a 500 metros daqui a pé.

– Você consegue andar essa distância? – pergunta ela a Nathaniel. – Se a gente te ajudar?

– A gente? – solta Harun, cheio de alegria e alívio, e percebe, tarde demais, que soou como se não quisesse ajudar. Na verdade foi a expressão que mexeu com ele. – Sim, sim. Claro, claro. A gente vai. A gente vai.

– Sério, não precisa – retruca Nathaniel. – Está tudo bem.

– Tenho certeza disso, mas é melhor um médico examinar você – replica a moça.

Ela se agacha para recolher o restante dos pertences dele, como se fosse um ser humano normal, e não *ela*.

Harun deveria ajudar – ele é apenas um simples mortal –, mas, ao ver as cuecas, os livros e as camisetas, visualiza a mala que Ammi preparou com tanto carinho, cheia de roupas novas, uma *kurta* nova, presentes. Nesse instante, fica paralisado de vergonha – e ele achando que sua vergonha tinha chegado ao limite quando, naquele mesmo parque, James o mandara sair da sua vida.

– Ok – diz ela, erguendo a mochila e pendurando-a no ombro. – Vamos.

– Sério, não precisa – insiste Nathaniel. – Vou encontrar meu pai daqui a pouco. Está tudo bem.

– Para de falar isso! – Harun fica surpreso, e também constrangido, por seu tom grosseiro.

Ele não tem motivo para estar nervoso com o garoto, que pode não ser James, mas que apenas caminhava pelo parque, cuidando da própria vida, quando alguém caiu em cima dele. Não é culpa do garoto se James pediu que Harun acreditasse que tudo poderia ficar bem, mesmo não estando, ainda mais que Harun sabia – sempre soube – que nada estava bem, nem viria a estar.

É a esperança que faz doer.

Harun sabe disso.

• • •

Nathaniel sabe disso.

• • •

Freya também sabe.

• • •

Freya admite que suas intenções também não são completamente honradas. Agora que a poeira baixou e ela percebeu o que havia feito – despencara da ponte em cima de um cara enquanto olhava as fotos da irmã feliz ao aceitar um pedido de casamento –, sua preocupação é menos com o bem-estar do rapaz que com o dela própria.

Enxerga a situação pelos olhos da mãe ("ele pode nos processar") e de Hayden ("tipo errado de publicidade"). Embora considere que a paranoia da mãe quanto a processos não seja da ordem da precaução, mas do desejo (*sonhe, seja*), Freya avalia as circunstâncias da forma adequada.

Ela caiu de uma ponte em cima de um transeunte inocente. Outro cara assistiu à cena toda e tem um celular na mão. Até que lhe provem o contrário, o sujeito gravou a cena toda e está só esperando para enviar o vídeo a um site de fofocas ou jogar no Twitter. Quantos acessos aquilo teria? A única coisa que as pessoas gostam mais de ver além de um sucesso é uma derrocada.

O cara em quem ela caiu não parece reconhecê-la (não parece reconhecer nem a si mesmo), mas o Espreitador, sim. Na época em que começava a se destacar a ponto de receber comentários negativos, Freya às vezes respondia aos *haters*. *Ei, eu sou só humana*, dizia ela. Ou *Isso dói*. E era curioso, porque às vezes eles paravam. Já faz um tempo que não age assim. Hayden a orientou a não responder mais aos fãs de maneira tão direta. Nem sequer ler os comentários a seu respeito. "Essa tarefa agora é minha", disse ele.

Mesmo assim, a melhor forma de desarmar alguém é com excesso de gentileza. Por isso, ela convocou a ajuda do Espreitador para levar o cara, Nathaniel, a uma emergência.

(É prudência, só isso. Não tem nada a ver com o friozinho que ela sentiu na barriga quando Nathaniel tocou seu rosto.)

Ao chegar à clínica, Freya tem os pés pretos e o humor sombrio.

Acaba de perceber que se meteu numa furada, juntando-se a essas pessoas capazes de prejudicá-la. Devia ter chamado a assessora, mas não sabe ao certo se ela ainda atende às suas chamadas.

– Qual foi o problema? – indaga a recepcionista.

– Estávamos no parque – explica o Espreitador –, e ela caiu de uma ponte em cima dele, daí ele apagou.

Freya imagina o desenrolar de tudo isso no tribunal das mídias sociais:

No celular. Olhando para o próprio umbigo. Típico!

Eu até gostava dela, mas ela ficou mto metida.

Vdd.

Q vaca.

Sabe q ela jogou a irmã debaixo de um 🚐?

Com a expressão entediada de quem ouviu a mesma história dezenas de vezes só hoje, a recepcionista estende a eles uma prancheta com alguns formulários.

– Preencham isso, e eu vou precisar do cartão do plano de saúde.

Freya se vira para Nathaniel, que não pronunciou mais que duas palavras além da afirmação vazia de que estava tudo bem. Será que ele sofreu um dano cerebral?

Era um brilhante matemático, diriam as pessoas. *Estava quase descobrindo a cura do câncer. Até ela cair em cima dele.*

Mais uma vida destruída.

Odeio essa vaca.

– O cartão do plano – repete a recepcionista. – Senão, vou precisar receber o pagamento adiantado.

– Você tem plano de saúde? – indaga Freya. O rapaz não parece registrar a pergunta. – Posso olhar a sua carteira?

Ele a entrega para Freya, que a esvazia. Encontra uma carteira de motorista, alguns trocados, o cartão de embarque, um cartão de visita e, enfiada na costura aberta, uma tirinha de fotos amassada. Ela espia a foto, que retrata um menino, sem dúvida Nathaniel menorzinho, e um homem mais velho, que parece um prognóstico de como Nathaniel vai ficar daqui a uns anos – talvez o pai dele? Sente um puxão nas entranhas, como se uma corda invisível envolvesse a área onde deveria estar seu coração.

Pega a própria carteira e remove o cartão de crédito. Pode ouvir sua mãe, Hayden e os assessores dizendo que ela acaba de assinar o atestado de culpa. *Mas só estou tentando fazer o que é certo*, argumenta aos juízes invisíveis.

E o que você sabe sobre o que é certo?

A recepcionista entrega a Freya a prancheta com os formulários médicos. O plano era deixar o rapaz na emergência e seguir seu tedioso caminho, mas agora, encurralada pelos críticos invisíveis (*Você pagou para ele porque foi a responsável*), não é possível escapar tão facilmente. Com um suspiro profundo, leva Nathaniel ao banco da sala de espera e lhe entrega os papéis. O Espreitador ainda está lá. Talvez ela consiga fazê-lo largar o telefone e, assim, apagaria qualquer coisa antes que vire manchete do *Post*: *Diva abandona pedestre inconsciente.*

A quem Freya quer enganar? Ela não consegue cantar, logo não haverá fama, muito menos subcelebridade, nem fofocas no *Post*, óbvio. Os fãs vão desaparecer. E então...

Ela pisca os olhos com força, tentando varrer o pensamento, e se vira para Nathaniel, que encara a prancheta como se contivesse hieróglifos. Nesse ritmo, eles vão ficar ali o dia inteiro. Freya pega a prancheta das mãos dele.

– Posso preencher para você? – pergunta, tentando ao máximo não demonstrar impaciência.

Ele faz que sim.

O nome ela sabe: Nathaniel Haley.

– Endereço? Data de nascimento?

– Não tenho endereço – responde ele, e Freya acha que o garoto tem mesmo alguma sequela.

Ele ainda está segurando a carteira; ela a pega de volta, apanha a habilitação e copia as informações pertinentes. Tinha 1,88 metro. Cabelo castanho, olhos verdes. Dezenove anos. O endereço é só uma estrada em Washington, mas, ao escrever, ela visualiza uma casa à beira de uma floresta. Ouve pássaros cantando.

– Contato de emergência? – pergunta ela.

Ele segue impassível.

Freya pega o cartão de visita e lê o nome: Hector Fuentes. Será o homem nas fotografias?

– Hector Fuentes? É seu pai? – pergunta ela, embora Nathaniel não tenha cara de ser filho de um Hector Fuentes, mas Freya também não parece ser filha de uma Nancy Greenberg.

Nathaniel hesita por um instante, então balança a cabeça.

– Você sabe de cor o telefone do seu pai?

Quando ele a encara com um olhar inexpressivo, Freya não o culpa. Quem decora números hoje em dia? Ela pode consultar o celular jurássico de onde o garoto ligou para o pai, no parque, mas não sabe muito bem como funcionam esses aparelhos. Então, ainda que possa se complicar mais tarde, preenche o próprio número.

• • •

Harun escuta Freya perguntar a Nathaniel sobre alergias (a resposta é camarão). Sente-se excluído. Queria ter uma alergia para relatar. Só que não é alérgico a nada, exceto, talvez, a si mesmo. Isso existe de verdade. Ele já pesquisou uma vez. Pode ser fatal.

– Já teve alguma dessas coisas?

Freya – agora tem certeza de que é ela, pois viu o cartão de crédito – enumera uma lista de problemas de saúde. Incluem doenças como tuberculose, arritmia e enfisema, e Harun não pode evitar perceber que as moléstias mais comuns, as que realmente machucam (vergonha corrosiva, coração despedaçado, família abandonada) não são citadas.

Ela termina de preencher o formulário e o entrega. Harun sabe que ele não tem mais nenhuma serventia, mas a garota é sua última chance de recuperar James. Qual era a probabilidade de os dois se conhecerem, e justo neste dia? Precisa dar um jeito de se mostrar mais útil.

A enfermeira chama Nathaniel.

– Você vai ficar bem? – pergunta Freya.

Nathaniel começa a responder, mas Harun interrompe:

– É melhor a gente ir com ele. Para conversar com o médico.

Freya não parece nada contente, mas suspira, levanta-se e vai em frente, relutante.

• • •

Os três se espremem no consultório. Depois de Nathaniel ter os sinais vitais colhidos pela enfermeira, fica claro que são completos desconhecidos, com nada em comum e nada a conversar.

Um silêncio constrangedor se segue enquanto eles se empenham em encontrar um cantinho a encarar no pequeno recinto, assim não precisariam olhar uns para os outros.

Freya pega o celular. Vê que a tela, rachada por conta da queda no parque, ficou congelada na imagem da irmã – *ela aceitou!* – com o noivo imbecil. O Espreitador está com o próprio telefone na mão. Será que está tuitando sobre ela? Será que publicou fotos? Ela deveria conferir. Deveria contar a alguém. Mas não consegue suportar. Não quer saber. Ela apaga a tela e, fingindo estar concentrada no telefone, avalia discretamente os novos companheiros.

O Espreitador está tenso, os olhões castanhos esbugalhados. Tem a pele morena, um ou dois tons mais escura que a dela. Irradia uma espécie de energia nervosa que o faz parecer um animal acuado, encobrindo o fato de que ali está um garoto bonito, razoavelmente bem-vestido, num esforço desesperado para bancar o descolado.

O outro, Nathaniel, parece que nunca na vida bancou o descolado.

Com essa aparência, nem precisava. Ele é o tipo de sujeito atraente – alto, magro e com uma estrutura óssea que as pessoas pagam para ter –, diante do qual os outros é que necessitam se destacar. Mas não Freya. Ela foi tão inundada pela beleza que já nem se impressiona. Também não se impressionaria com Nathaniel se não fossem os olhos diferentes, um verde, um meio cinza. Eles maculam sua perfeição. E o tornam irresistível.

"Você é bem bonita", disse Hayden a ela certo dia, "mas é a sua voz que te torna diferente." Ocorre que, sem a voz, ela é igual a todo mundo. Nada de especial.

Com uma batida forte à porta, o médico entra. Freya dá uma conferida imediata: jovem, bonito, com um sorriso largo e arrogante que estraga tudo.

– O que os traz aqui? – pergunta ele.

É a mesma introdução que o outro médico usou mais cedo. Por que perguntam isso? Não podem simplesmente ler o prontuário? Só que desta vez a mãe de Freya não está lá para explicar, e Nathaniel permanece calado.

– A gente estava no parque – começa Freya. – E eu meio que caí da ponte, bem em cima do Nathaniel.

– Você caiu de uma ponte? Desmaiou?

– Não – responde Freya.

Fica pensando se deveria ter respondido que sim, que desmaiou, de modo a parecer menos culpada. *Não foi culpa dela*, diriam os tuítes. *Ela caiu porque desmaiou. Coitadinha. Perdeu a voz, sabe?*

– Eu só perdi o equilíbrio – acrescenta ela.

Ele rola o banquinho até Freya, parando ao lado de seus pés descalços.

– Uau! – exclamou o médico, como se acabasse de perceber que ela tinha os pés amputados e caminhava sobre tocos ensanguentados. – O que houve?

– Com os meus pés? Só sujaram.

– Como?

– Com sujeira – murmura o Espreitador entre os dentes, e Freya quase sorri.

O médico se vira para o Espreitador.

– Foi em você que ela caiu?

– Não. Eu sou Harun. Apenas uma testemunha.

– Um bom samaritano, na verdade. Harun me ajudou a trazer Nathaniel até aqui – explica Freya.

Ela está aliviada por ter descoberto o nome do garoto sem passar por constrangimentos. Sempre lhe ensinaram a usar o nome das outras pessoas. Isso as faz se sentir importantes. Se ela o chamar adequadamente, talvez ele não ponha a internet contra ela.

– Quem é Nathaniel? – indaga o médico.

Ela aponta para o canto, onde Nathaniel, mesmo com toda a sua altura, fez um bom serviço de invisibilidade.

O médico enfim tira os olhos de Freya e observa o prontuário.

– Nathaniel Haley.

– É – diz ele com um fiapo de voz.

– Então esta moça caiu em cima de você? – Ele aponta para Freya.

– É, acho que foi.

– Não é a pior forma de levar um nocaute – diz o médico, dando uma olhadela conspiratória na direção de Freya.

Ela baixa o olhar. *Pare*, pensa ela. *Apenas pare.*

“Algumas pessoas exercem uma atração invisível, que aproxima os outros”, dizia Hayden. “Não dá para fingir isso: ou você tem, ou você não tem.”

Freya tinha, segundo o empresário. Sabrina não, também de acordo com ele.

– E aí você apagou? – indaga o médico.

Nathaniel dá de ombros.

– Isso mesmo – responde Freya.

– Preciso ouvir do paciente.

Nathaniel não diz nada. Freya começa a imaginar se ele realmente tem problemas mentais.

– É – fala Harun. – Foi isso. Ela caiu em cima dele. Ele apagou.

– Eu agradeço se vocês me deixarem entrevistar o paciente – replica o doutor, num tom aborrecido.

– Mas como é que ele vai contar o que aconteceu se foi ele que desmaiou? – retruca Harun. – Eu estava lá. Eu vi.

• • •

Eu vi.

Harun não tem como saber, neste momento, que essas palavras são mais restauradoras para Nathaniel do que qualquer coisa que o médico possa fazer. Alguém viu.

– E aí você ficou inconsciente? – pergunta o médico outra vez a Nathaniel.

O garoto encara Freya, depois Harun. Ambos assentem, incentivando.

– Isso – responde ele.

– E ele vomitou – acrescenta Harun. – Nos sapatos dela.

– Então é por isso que você está descalça! – diz o médico a Freya. – Você não devia andar pela cidade desse jeito. Vou ver se arrumo um par de sapatos para você no setor de achados e perdidos.

– Está tudo bem – garante ela.

– Você pode pisar num caco de vidro.

– Não, sério. Está tudo bem – repete ela, com uma olhada para Nathaniel, como se fosse uma piada interna.

Mas ele não capta. (Ele costumava ter talento para captar, quando jogava como receptor.) Não porque não consegue, mas porque não ousa.

Isso tudo já foi longe demais. Realmente não há necessidade.

O médico, porém, pega uma lanterninha e examina os olhos de Nathaniel.

– Heterocromia – declara.

– É tipo um hematoma? – pergunta Harun.

– Não. É quando a pessoa tem olhos de cores diferentes. Embora a pupila esquerda dele seja bem rígida.

– Está falando da pupila da minha prótese ocular? – indaga Nathaniel.

– Certo. Claro. Você me pegou com as cores diferentes. Mas gostei. É uma homenagem a David Bowie?

– Podemos continuar o exame? – pergunta Freya, impaciente. – Não temos o dia todo.

O médico rola o banquinho até o computador.

– Ok, Nate, vou fazer umas perguntas sobre sintomas, e você me responde numa escala de zero a seis, sendo zero, desimportante, três, moderado, e seis, grave. Entendeu?

– Acho que sim.

– Dor de cabeça?

– Sim.

– De zero a seis?

É quatro, mas ele não quer preocupar ninguém.

– Talvez dois.

– Pressão na cabeça?

– Sim. Talvez três.

– Visão turva?

– Agora está tudo bem.

– Um número.

– Zero, talvez um.

O médico percorre a lista: dor no pescoço, dificuldades ligadas a equilíbrio. Nathaniel responde, monocórdio: dois, três, dois.

– E tristeza? – pergunta o médico.

– Tristeza?

– Isso, tristeza.

– Quer que eu dê um número para a tristeza?

– Isso – responde o médico. – De zero a seis, Nate, por favor.

• • •

Para Freya, já deu. Já deu de médicos que bancam os sabichões, que agem como se pudessem curá-la, que perguntam o que a traz ali sem ler o prontuário, que pedem que os outros cantem "Parabéns pra você" ou que medem a tristeza numa escala de zero a seis.

– O nome dele é Nathaniel! – rosna ela, com uma confiante irritação que não é seu direito sentir.

O apelido dele pode muito bem ser Nate.

• • •

Não é. Embora seu pai o chame de Nat.

• • •

– O que isso tem a ver com a concussão? – pergunta Harun.

Esse médico é mesmo médico? Ele dá uma olhada nas paredes, à procura de algum diploma.

– Ei, não fui eu que criei a lista – responde o médico, já sem paciência. – Que tal então você me dar um número, para que todos possam ir embora? Tristeza, zero a seis?

– Não, ele não pode dar um número – retruca Harun.

– Não dá para medir tristeza em números – concorda Freya.

– Então como vocês mediriam? – indaga o médico. – Por favor, me digam, para que eu possa informar à Academia Americana de Neurologia.

• • •

A pergunta é feita no tom mais sarcástico e ofensivo, mas Freya, Harun e Nathaniel ponderam seriamente.

• • •

Freya pensa em música, silêncio e solidão completa.

• • •

Harun pensa em amor, família e *Sai da minha vida, merda.*

• • •

Nathaniel pensa no pai, em Sam e Frodo, numa casa sendo engolida pela floresta.

• • •

Os três podem ser perfeitos desconhecidos, com vidas diferentes e problemas diferentes, mas ali, naquele consultório, estão medindo a tristeza da mesma forma. Estão medindo em perdas.

A ORDEM DA PERDA
PARTE IV

NATHANIEL

– Nat, você precisa ver isso aqui – chamou papai, assim que entrei em casa.

Respirei fundo e afastei a irritação. Estava suado por causa do treino de beisebol e precisava tomar banho, lavar a louça do café e do almoço do papai e preparar o jantar, e ainda entrar na internet para me inscrever num curso preparatório gratuito para as provas de seleção das universidades.

No dia anterior, minha mãe havia ligado, querendo saber se eu já tinha começado a pensar na faculdade.

– Ano que vem você já termina o ensino médio. Seu pai por acaso já começou a ver isso?

Garanti a ela que sim, me enrolando numa mentira sobre visitar universidades juntos, pois eu sabia que uns colegas haviam feito isso com os pais. Mamãe não pressionou. A mulher que um dia disse não ser capaz de lidar com duas crianças agora tinha duas novas crianças e estava ocupadíssima, portanto não ficaria em cima. Mesmo assim, depois do telefonema, fiz uma entrevista com uma orientadora vocacional.

– Nat, anda! – chamou papai da sala.

Às vezes, se eu ignorasse, ele se distraía. Em geral, só insistia e ficava cada vez mais difícil acalmá-lo. Era melhor ver o que o estava deixando tão agitado, conversar um pouco, e talvez eu conseguisse ligar o computador.

A orientadora se surpreendera por eu não ter conversado com ela antes. "Suas notas são muito boas, e um segundanista na equipe oficial de beisebol impressiona bastante", dissera ela.

Havíamos chegado à final da divisão e alguns olheiros tinham assistido aos jogos. "Com as suas notas, você pode ingressar numa ótima universidade. Pode até conseguir uma bolsa parcial se jogar beisebol. Talvez não seja uma universidade de ponta, mas alguma menor... caso se saia bem nas provas de seleção. Vamos arrumar um curso para você."

– Nat!

Fui até a sala. A TV estava ligada, como era costume depois que papai parou de trabalhar. Aprendi a avaliar seu humor não por suas atitudes, mas pelo programa a que assistia. Desenhos, CNN, *The Real Housewives* eram sinal de que estava entregue às moscas. Documentários eram sinal de que estava bem. Papai amava documentários, não pelo que relatavam, mas pelo que sugeriam.

Estreitei os olhos para a televisão, que mostrava um ciclista andando.

– Oi? – indaguei.

– O cara na bicicleta é cego. – Papai abriu um sorriso triunfante.

Mas eu sabia que tinha mais coisa. Sempre tinha mais coisa.

– Está ouvindo isso?

O som era fraco, mas inconfundível, feito um pica-pau.

– Ele está soltando estalidos – disse papai. – Que nem um morcego.

– Ecolocalização.

Papai estalou os dedos.

– Exato! Ele faz isso desde pequeno, quando perdeu a vista por causa de um câncer. Ele não tem olhos, mas enxerga... literalmente.

– Quem não tem olhos não enxerga *literalmente*.

– Não? – perguntou papai com aquele peculiar brilho nos olhos.

Suspirei, porque sabia o que isso significava.

– Fiquei pensando... – prosseguiu ele.

Então desandou a falar sobre a última teoria que queria testar. Se um cego é capaz de enxergar com outras partes do cérebro, o que mais podemos fazer?

– Nós erigimos barreiras limitantes na nossa mente. Mas também podemos removê-las. Como William Blake falava? "Se as portas da percepção fossem desembaçadas, o homem veria tudo como é: infinito."

Seu discurso começou a ganhar velocidade, como acontecia quando ele se empolgava. Dali a pouco ficaria sem ar, os pensamentos ligeiros demais para que a fala acompanhasse.

– Está vendo? Está vendo? E se pudéssemos destrancar, se pudéssemos simplesmente libertar as nossas mentes?

Ele parou e deu uns tapinhas na têmpora, não delicados, de forma a provar seu argumento, mas com intensidade, como se quisesse chacoalhar o próprio cérebro.

Com brandura, agarrei a mão dele e a apoiei em meu colo, até que ele se acalmasse.

– Você não vê? – A voz do papai era um sussurro reverente. – Isso significa que a única limitação em relação à vida está aqui.

Dessa vez ele tocou minha têmpora, mas gentilmente. Depois, pegou duas tiras de tecido de algodão grosso, cortadas, pelo que percebi, de um dos poucos conjuntos de roupas de cama intactos que ainda tínhamos.

– Vamos até a mata – disse papai. – Vamos ver se é possível expandir a consciência.

Eu não queria expandir coisa nenhuma. Tinha dever de casa para fazer. Precisava me inscrever num curso preparatório. A louça suja do dia ainda estava na mesa, e eu tinha que preparar o jantar. Porém, sabia que, se não fosse, papai iria sem mim.

Ele queria se embrenhar de verdade na mata, só que dei um jeito de conduzi-lo a uma clareira não muito longe de casa, um lugar sem obstáculos, penhascos, grandes rochas. Foi ali onde, quatro anos antes, havíamos espalhado as cinzas da vovó Mary.

– Eu faço com você primeiro – disse papai.

– Ok.

Eu não tinha a menor intenção de ser vendado, de ecolocalizar nada. Estava ali para garantir que papai não despencasse de um penhasco.

Deixei-o me vendar. Ele apertou com força e a escuridão foi súbita e absoluta. Sentei-me com cuidado num tronco caído, de modo que papai (que não era burro) pensasse que eu estava participando mesmo da atividade, e não apenas lhe agradando.

No início, senti a comichão da impaciência. Quanto tempo aquilo duraria? Então, enquanto permanecia ali sentado, na escuridão, algo estranho aconteceu. Foi como se alguém tivesse aumentado o volume da mata. Pude ouvir o som de uma folha caindo na terra, para virar adubo. Pude ouvir os castores empurrando pedras no rio. Em seguida, comecei a escutar para além da floresta. Em meio à escuridão, ouvi um sino badalando numa igreja ao longe. Um avião voando a 40 mil pés de altura. Uma garota cantando. Foi aí que os outros sentidos me invadiram. Farejei as tâmaras, como se as sementes plantadas por mim e pela vovó Mary tivessem dado frutos. Provei sabores indescritíveis.

Isso era o mais irritante em relação ao meu pai. Quando estamos prestes a taxá-lo de maluco ou Peter Pan, ele nos põe vendados numa mata e nos faz tocar as fronteiras de algo misterioso.

– Que diabo! – gritou papai. – Merda!

Puxei a venda. A luz retornou e os segredos da floresta se aquietaram.

Lá estava papai soltando estalidos de forma frenética, se debatendo, cambaleando em direção a uma vala.

– Pai! – Eu desatei a correr. – Pai, espera!

Eu o alcancei alguns metros antes da ravina, mas ele seguiu em frente, girando os braços loucamente.

– Pai, para!

Estendi a mão para puxá-lo de volta, mas ele deu um tranco para a frente, quebrando um galho de árvore que ricocheteou para trás com a força de um chicote.

Eu não senti dor. Só quando o sangue quente escorreu por minha bochecha é que percebi que algo havia acontecido.

– Pai – chamei. – Acho que me machuquei.

– Está tudo bem – disse ele, sem se virar.

O sangue corria por minha boca, e a visão em meu olho esquerdo começou a se turvar.

– Estou sangrando.

– Se um cego é capaz de enxergar, você dá conta de um sanguinho.

Era mais que um sanguinho, mas eu sabia quando ele estava devaneando.

– Ponha umas folhas em cima – disse papai. – Quem sabe? De repente têm propriedades antibacterianas, como a rã-arborícola.

Ele havia assistido a um documentário sobre isso, anos antes.

– Pai!

– Não dá para descobrir as coisas se a gente não correr riscos. Vai ficar tudo bem.

– Pai.

– Imagine se Frodo e Sam desistissem toda vez que topassem com um obstáculo. Imagine só.

Eu sabia que não adiantava discutir quando ele ficava assim. Minha saída era voltar para casa e dar um jeito ou esperar ali na mata com ele.

Escolhi a segunda opção. Fiquei lá por mais uma hora, pelo menos, enquanto meu pai expandia a consciência e eu sangrava em folhas empapadas. No momento em que voltamos à casa, meu olho estava fechado de tão inchado.

Fui ao banheiro e limpei a ferida da melhor forma possível. Ao sair, papai estava na cozinha, lavando a louça e tirando o lixo, tarefas que nunca fazia.

– Foi transformador, não foi? – indagou ele. Então olhou para mim, enfim notando o ferimento. – Vá botar um gelo nisso aí.

Só que não havia gelo no congelador, e estava tarde, e eu precisava preparar o jantar. Resolvi cobrir o olho com um pedaço de pano, imaginando que melhoraria. Tinha parado de doer e começava a coçar.

Faltei à aula no dia seguinte, pois dormira mal e estava com uma cara péssima, o olho todo fechado. Pensei brevemente em ir ao médico, só que não tínhamos um médico além do que papai consultava na clínica gratuita da cidade, para obter seus remédios. Cogitei ir ao pronto-socorro, mas fiquei preocupado com o preço e com o que aconteceria se mamãe ficasse sabendo. Eu já era meio velho para que houvesse uma disputa de custódia, entretanto cautela nunca era demais.

Papai se trancou no quarto para rascunhar seus cadernos. Ficaria desse jeito até o frenesi diminuir, então partiria para o documentário seguinte – sobre assassinos em série, gorilas-das-montanhas, sal, turismo suicida –, que despertaria novas ideias e o exaltaria outra vez.

Quando acordei na manhã seguinte, meu olho ardia e um filete de sangue com pus descia pela minha bochecha. Fui até a enfermagem da escola e na mesma hora me encaminharam ao pronto-socorro, onde os médicos informaram que toda a órbita estava inflamada e que o globo ocular havia passado tanto tempo sem irrigação sanguínea que o tecido devia ter necrosado. Provavelmente precisariam remover o olho.

A cirurgia foi adiada porque era necessário que os pais consentissem, e papai não atendia o telefone. Inventei uma história de que ele era escritor e desligava o celular enquanto trabalhava. Não era totalmente mentira.

– E sua mãe? – perguntaram.

Minha mãe não podia ficar sabendo daquilo. Eu daria um jeito, assim como nunca deixei que ela descobrisse sobre a semana que passamos sem luz ou a vez que papai me deixou na floresta a noite inteira.

(Não conte à sua mãe.)

– Minha mãe morreu – respondi aos médicos.

Por fim conseguiram falar com meu pai, e fui levado para a cirurgia. Acordei sozinho, num quarto escuro, e sabia que tinha perdido o olho. Enquanto permanecia ali deitado, grogue, com a cabeça latejando, queria alguém para me abraçar, para me beijar a testa, dizer que ficaria tudo bem. Mas não havia ninguém. Hesitante, toquei a gaze que me envolvia o olho e percebi – ao mesmo tempo aliviado e aterrorizado – que seria impossível esconder esse segredo da minha mãe. Porque ela veria, e saberia, e se soubesse a verdade não permitiria que eu ficasse ali. Ou permitiria?

Meu pai entrou no quarto. Ao me ver acordado, começou a chorar.

– Ai, Nat. Ai, camarada. Olhe só isso.

Ao ver meu pai curvado, soluçando, compreendi que não contaria à minha mãe. A decisão fora tomada muito tempo antes. Assim, a morte que eu inventara para os médicos de súbito se tornou realidade. Para esconder aquilo, eu teria que me manter longe dela. A constatação me encheu de fúria, dissipando a sedação que ainda persistia. Naquele breve e terrível instante, não apenas odiei meu pai, como desejei que ele estivesse morto.

O instante passou, porém, deixando-me exausto, além de envergonhado. Eu não odiava meu pai. Eu o amava, e ele me amava.

Ele havia começado a soluçar convulsivamente, como se tivesse ouvido meus pensamentos horríveis. Eu sabia que, se não o acalmasse, a situação só iria piorar. Então disse o que já aprendera que as pessoas queriam ouvir.

– Está tudo bem.

– Mas você perdeu o olho.

– Não foi possível salvá-lo – respondi, repetindo o discurso dos médicos. Então preservei a única coisa que ainda podia. Ou tentei preservar. – Talvez eu tivesse que perder o olho para ganhar a visão.

A expressão do meu pai era de tamanha esperança que chegava a doer meu coração.

– Sério? Você acha mesmo?

Eu não achava. Já não acreditava em metade do que meu pai dizia, mas não podia dispensá-lo por completo. Porque às vezes ele tinha razão. E porque era o meu pai. E éramos uma sociedade de dois.

– Sério – respondi.

A ORDEM DA PERDA
PARTE V

FREYA

O primeiro vídeo, na verdade, foi um acidente. As pessoas não acreditavam nisso, achavam que fazia parte da narrativa concebida, mas esse foi o único detalhe que Hayden não inventou. Simplesmente aconteceu.

Sabrina tinha razão. Dois anos mais tarde, nosso pai ainda não havia voltado. As promessas de que retornaria ou que iríamos visitá-lo se mostraram todas vazias. As conversas semanais no Skype começaram a rarear e, ao telefone, ele mal falava da própria vida. Já não perguntava se eu queria vê-lo. Já não perguntava se eu estava cantando.

Mas, sim, eu ainda cantava – só que agora com Sabrina. Todo dia. Depois da escola, ela me preparava lanche – queijo-quente com fatias de tomate – e me ajudava com o dever de casa. Era uma aluna muito melhor que eu, cheia de notas 10 no boletim. Após a lição, ouvíamos música juntas, selecionando as preferidas e tentando cantar melhor.

Algumas vezes, assistíamos a vídeos no YouTube. Em outras, fuçávamos o Facebook, procurando ter um vislumbre de nosso pai. Quando ainda morava conosco, ele mantinha uma página, com vídeos de apresentações ou mesmo ofertas de aulas de música, pois mamãe viera com a ideia de que ele podia ganhar um dinheiro assim também. Hoje em dia, as publicações o mostravam na igreja, em refeições de família, com um sorriso largo, abraçando tios e primos que não conhecíamos. Será que ele sentia a nossa falta? Eu não sabia dizer. As atualizações de status costumavam estar em amárico.

Aquele dia, estávamos fuxicando o Facebook quando nos deparamos com a imagem de uma mulher segurando um bebê enrolado numa manta verde. Na legenda, lia-se: በመጨረሻ ወንድ ልጅ አለን.

– Vamos ver o que significa – disse Sabrina, e colamos as letras num programa de tradução.

Achei que o texto se referia a um novo sobrinho, um novo primo, mas o tradutor cuspiu: *Enfim, temos um filho.* E de súbito compreendi por que os telefonemas haviam minguado.

Comecei a chorar, algo que fazia com frequência e que irritava Sabrina, pois não era um costume dela. Dessa vez, no entanto, ela me deu um tapinha reconfortante no ombro.

– Sinto muito.

Aquela compaixão me fez chorar ainda mais. Ela fitou a tela.

– Solomon não merece as suas lágrimas. – Ela o chamou de Solomon, não papai. – Tipo, como ele pôde esquecer você assim?

Você. Como se aquilo só afetasse a mim.

– Sabe o que você deveria fazer? Postar uma música ou coisa do tipo. Mostrar a ele como você é incrível. O que ele perdeu.

Cante o que não consegue dizer, sugeria meu pai. Era isso que fizeram Billie, Nina, Josephine e Gigi.

– Ok.

– Vamos arrumar você primeiro.

Sabrina enxugou meu rosto com uma toalhinha e, com cuidado, me maquiou.

– Já sabe o que quer cantar? – indagou ela.

Eu sabia. Seria "Tschay Hailu", a canção de ninar que meu pai entoava para mim, e que agora entoaria para o novo filho. Peguei uma lixeira vazia para acompanhar, e Sabrina começou a gravar.

Minha intenção era mandar um alô ao meu novo irmão, um lembrete ao meu pai, mas, quando comecei a cantar, algo mais surgiu. Primitivo, doloroso e puro. Continuei cantando, tamborilando ainda mais alto, e minha voz alcançou rotas como nunca antes.

Ao término, eu me sentia melhor, como na noite em que Sabrina cantara comigo pela primeira vez. Eu nem queria publicar. Cantar já bastava.

– Ah, é óbvio que a gente vai postar isso.

Sabrina carregou o vídeo em sua página do Facebook.

– Eita – disse ela no dia seguinte, ao verificar a postagem.

Sabrina havia marcado nosso pai, então o vídeo aparecera na página dele. Só que provavelmente tinha desfeito a marcação, pois já não estava lá.

No entanto, vimos na página dela que o vídeo fora compartilhado 67 vezes. Já havia mais de cem comentários, uns de amigos de Sabrina, outros de gente que eu nem conhecia. Fiquei desolada ao ver que meu pai se desmarcara. Por que ele faria isso? Sentia vergonha de nós? Sentia vergonha de nos ter abandonado? Não tinha gostado do vídeo?

A única coisa que aplacou a minha dor foram os comentários. Mais tarde, quando mamãe chegou em casa e Sabrina a ajudava com o jantar, eu li tudo. Duas vezes. Eram tão bons... e preencheram o vazio deixado pelo silêncio do meu pai.

Copiei o vídeo, o editei e publiquei no Twitter.

No dia seguinte, ele tinha centenas de compartilhamentos, milhares de curtidas e tantos outros comentários. Eu li tudo. E reli. E fiquei muito feliz.

Mostrei a Sabrina.

– Por que você postou de novo? – indagou ela. – Solomon provavelmente não tem Twitter, e ele já viu no Facebook.

– Mas olha quanta gente compartilhou.

Sabrina olhou. Não pareceu impressionada.

– Será que a gente mostra para a mamãe? – perguntei.

– Claro. Tenho certeza de que ela vai amar saber que você mandou uma música para nosso pai.

– Mas é estranho ter tantos compartilhamentos. – Tentei soar displicente. – Meio que viralizou. É melhor a gente contar antes que ela fique sabendo por outra pessoa.

Sabrina suspirou.

– Beleza. Vou mostrar a ela.

• • •

– Ah – disse mamãe. – Já li sobre como a internet vem criando novos tipos de celebridades. Tem potencial para fazermos dinheiro.

– Como? – indagou Sabrina.

– Não tenho certeza. Vamos postar mais um. Por que não cantam juntas desta vez? Vocês cantam tão bem... O que acha, Sabrina?

Mesmo naquela época, já devia haver uma sementinha em meu coração. Porque eu a senti, saliente e enrugada, gritando "E eu?" quando ouvi isso da mamãe. Fui *eu* que nasci cantando. Foi o *meu* vídeo que recebeu tantas curtidas. Mas ninguém me perguntou nada.

– Ok – disse Sabrina. – Por que não?

• • •

Os primeiros vídeos foram um fracasso. Mamãe, no entanto, empolgada com a filosofia chinesa, estava convencida de que, se sonhasse com afinco, a coisa aconteceria. Ela começou a ler sobre os componentes de um vídeo de sucesso. Convenceu-se de que precisávamos de um chamariz, um visual marcante e boa música.

Em geral fazíamos *covers*. Ainda não havíamos começado a compor nosso próprio material. O visual era obra minha: eu queria que nos parecêssemos com Billie, Josephine e Gigi. E o chamariz era o fato de sermos irmãs que não pareciam irmãs.

– Como vocês vão se chamar? – perguntou mamãe. – Irmãs Kebede?

Sabrina torceu o nariz.

– Kebede Manas – arriscou ela, mas balançou a cabeça. – Fica estranho. – Ela parou, tamborilando no queixo. – Que tal Irmãs K?

– Irmãs K – disse mamãe. – Gostei.

• • •

Quando fomos contactadas pelo escritório de Hayden Booth quatro anos depois, as Irmãs K tinham um canal no YouTube (220 mil inscritos), uma conta no Instagram (780 mil seguidores), um perfil no Twitter (375 mil), uma página oficial no Facebook e inúmeras *fan pages*, além de um canal no SoundCloud com mais de vinte músicas originais.

Também tínhamos uma empresária: mamãe. Ela era obcecada em assistir aos vídeos de outros famosos, tentando entender o que funcionava ou não. Criava cronogramas semanais, analisava o tráfego da rede para determinar o melhor momento para as postagens. Ficava acordada até tarde da noite monitorando comentários e compartilhamentos. Quando recebemos o primeiro pagamento pela publicidade em nossos vídeos, contratou um consultor para nos ajudar a refinar o visual e alavancar – ou, como ela dizia, "monetizar" – nossa crescente popularidade.

– Interessante – disse o assessor, vasculhando alguns comentários. – Eles parecem pessoalmente ligados a Freya.

– Provavelmente porque ela responde a todos os comentários – retrucou Sabrina, desdenhosa. – Cada. Um. Deles.

Enrubesci e baixei o olhar. Porque Sabrina tinha razão. Eu de fato lia todos os comentários e, lá no início, respondia a quase todos. Era a única coisa que me fazia sentir parte daquilo.

Embora nos chamássemos Irmãs K, o verdadeiro espetáculo era da mamãe e de Sabrina. Eu e minha irmã cantávamos juntas, e às vezes fazíamos composições conjuntas, mas eram ela e mamãe que debatiam todos os aspectos do negócio, e Sabrina lhe mostrava cada nova composição. As duas conspiravam. Tramavam. E nossa família voltou a ser uma cadeira de três pés.

Os comentários, porém, eram todos meus. Quando comecei a responder aos fãs, eles passaram a se dirigir diretamente a mim. Enquanto mamãe e Sabrina se sentavam em frente ao computador, analisando compromissos e falando de mim, eu podia abrir meu celular, sossegada, e me envolver de verdade, sabendo que haveria alguém do outro lado.

– Na verdade – disse o assessor –, essa é uma estratégia muito inteligente. Os fãs se consideram parte do sucesso. São esses superfãs que vão alçar vocês ao próximo nível, para além de uma simples novidade.

– Maravilha! – exclamou mamãe. – Freya, continue assim, então. Sabrina e eu seguiremos com a nossa parte.

• • •

Começamos a ganhar mais dinheiro com a publicidade dos vídeos. Mamãe passou a fazer meio expediente em seu emprego como administradora hospitalar. Lia matérias sobre as celebridades mais bem pagas da internet. "Algumas delas faturam milhões!" Ela estava convencida de que poderíamos ganhar um bom dinheiro com aquilo, o suficiente para nos livrar das dívidas, pagar a faculdade e – quem sabe? – talvez até enriquecer um pouquinho.

Mas nem mamãe, do alto de seu êxtase de *sonhe, seja*, imaginava que Hayden Booth se aproximava.

Quando o escritório telefonou para agendar uma reunião, mamãe ficou chocada. Quase temerosa. Como se tivesse recebido um chamado de Deus.

As matérias sobre Hayden Booth – que ela começou a ler obsessivamente depois do telefonema – às vezes o descreviam como produtor musical, outras vezes como empresário de talentos, e outras ainda como agregador de mídias sociais. "Não existia uma palavra para descrever o que faço antes de eu surgir", alardeava ele numa dessas reportagens. "Eu me considero simplesmente um criador."

A história de sua origem se tornou uma espécie de mito. Dez anos atrás, ele era um *club kid* de Londres, sem grana, fazendo mochilão por Berlim, quando viu uma garota se apresentando no metrô. Ao ouvir a menina cantar e tocar violão, vislumbrou no mesmo instante toda a sua trajetória. Foi como uma visão. Não sabia como, mas tinha certeza de que ela podia ser um sucesso gigantesco, e seria ele a levá-la ao estrelato. Quando a moça terminou de cantar, ele a abordou, sem nem saber se ela falava inglês: "Vou torná-la famosa."

E tornou.

Ele nos contou uma versão dessa história em nossa primeira reunião. Depois de nos fazer aguardar duas horas na recepção, enfim nos recebeu no escritório e nos acomodou num banco duro feito concreto, enquanto se sentava em seu trono, iluminado pelas janelas atrás de si.

Ao terminar de relatar como havia criado Lulia, depois Mélange, depois Rufus Q, contou que estava sempre à caça da próxima estrela. Ele me encarou, sem piscar os olhos. Foi assustador. Corri o olhar pelo escritório em busca de um refúgio seguro, encarando a janela, as paredes, a estranha gravura em grafite que dizia *Arte é pessoal. Negócios, não.* Olhei para todo canto, menos para Hayden.

– Vocês sabem o que significa ficar famosa? – perguntou ele, por fim.

Mamãe fez menção de responder, mas Hayden ergueu a mão e ela se calou.

– Quero saber delas.

Deu-se uma pausa. Sabrina olhou para mim, com uma atípica expressão de incerteza.

– Ser conhecido pelo que se faz? – indagou ela.

– Ser amado – falei ao mesmo tempo.

– Meu contador é conhecido pela criatividade de seus métodos para esconder dinheiro da Receita. Ele é famoso? – perguntou Hayden a Sabrina.

Sabrina balançou a cabeça.

– Minha avozinha era muito amada. Mas aposto que você nunca ouviu falar em Pauline Howarth, ouviu? – indagou ele à minha mãe.

Ela negou.

– A maioria das pessoas não sabe o que é a fama. Confundem famosos com subcelebridades, e subcelebridades com celebridades instantâneas. Mas vou contar a vocês como é que funciona – disse ele, como se revelasse um segredo.

Hayden se levantou, contornou a mesa a passos firmes e se apoiou na ponta mais próxima a Sabrina.

– Primeiro, vem a celebridade instantânea. – Ele curvou a mão esquerda no formato de um *C*. – Isso vocês já são. Mas celebridades instantâneas são comuns. São os quinze minutos de fama. É o que consegue uma doida que se veste de Chewbacca. Isso vem e vai. A não ser que... – ele curvou a outra mão em *C* – ... a celebridade instantânea se sustente por tempo suficiente para se tornar uma subcelebridade. Que dura um pouco mais, mas ainda assim é erguida sobre areia movediça. Pois bem, se uma subcelebridade pode ser traduzida em mercadoria, temos alguma coisa. As pessoas se divertem com isso. Estrelas do esporte. Atores de segunda categoria. Participantes de reality shows. Músicos medianos conseguem chegar até aí, numa espiral infinita de fama passageira, fama um pouco mais duradoura, mercadoria.

Então ele uniu as mãos num círculo, mas sem tocar os dedos.

– É possível embarcar nesse vagão, ganhar a vida com isso, mas ainda assim não é fama de verdade.

Ele fez uma pausa. Começou a mexer os dedos, feito um pássaro querendo alçar voo.

– A mamãe aqui fez um trabalho excelente conduzindo vocês a este ponto. Vocês duas podem até ganhar um dinheiro durante um tempo, conseguir apoios e rendimentos decentes, mas garanto uma coisa: não vai durar mais que uns poucos meses ou, com muita sorte, uns anos. Cedo ou tarde, provavelmente cedo, as pessoas vão começar a procurar uma nova estrela, que não serão vocês. Quando isso acontecer, seus fãs vão esquecê-las. Os números vão despencar. E vocês vão voltar a ser pessoas comuns.

– E como a gente evita isso? – indagou mamãe.

– Então chegamos à fama – disse Hayden, ignorando-a. – Às vezes, se o artista for talentoso, se tiver aquele *plus* e se estiver rodeado pelas pessoas certas, tem chance de sair dessa espiral. Deixar o posto de subcelebridade, que é efêmero... – Ele abriu as mãos numa explosão, os dedos feito asas de pássaros se elevando para o céu. – E adentrar a fama, que é eterna.

O celular de Hayden começou a tocar, vibrando sobre a mesa. Na tela piscava o nome *Lulia*, como se o universo confirmasse as palavras dele.

– Fama – prosseguiu Hayden. – É isso que eu faço: eu crio fama. Mas só nas circunstâncias certas, com os artistas certos. Os que têm talento. E ambição suficiente. – Ele se deteve e olhou para mim. – A questão é: vocês têm ambição suficiente?

Eu não fazia ideia, nem sabia o que isso significava, o que ele estava prometendo. Porém, eu havia compreendido uma coisa: *Seus fãs vão esquecê-las. Os números vão despencar.* Isso eu entendia.

– Vocês têm ambição suficiente? – repetiu Hayden.

Mamãe e Sabrina responderam em uníssono por mim, como sempre faziam:

– Sim.

A ORDEM DA PERDA
PARTE VI

HARUN

Encontrei James por causa de uma nota de 1 dólar e o perdi por uma de 50. É meio simplista, mas de que outra forma eu poderia explicar algo tão inexplicável quanto o amor?

– Ei. Isso aqui é seu?

Lá estava James, segurando uma nota de 1 dólar amassada.

– Acho que não – balbuciei.

Era minha primeira semana na faculdade comunitária e, por mais que o campus fosse pequeno e ficasse na cidade onde eu passara a vida toda, eu estava perdido. Agarrado à grade de horários e ao mapa do campus, eu tentava encontrar o prédio onde teria aula de estatística.

Ergui os olhos do papel com a grade impressa e vi seu rosto pela primeira vez. Tudo nele irradiava ternura: o brilho da pele escura, a barbicha que lhe parecia conferir um sorriso permanente, os cintilantes olhos castanhos de quem acabou de contar a melhor piada do mundo.

– Onde você tem que estar? – perguntou ele.

Então, o pensamento mais estranho atravessou meu cérebro: *É exatamente aqui que eu tenho que estar.*

James pegou a grade de horários.

– Você está na Newkirk. Precisa ir ao prédio G, do lado oposto da Bergen. Deixa que eu te mostro – disse ele, puxando-me pelo cotovelo, que logo pegou fogo com seu toque.

Não prestei a menor atenção na aula de estatística naquele dia. Só esfreguei o cotovelo ainda formigando e pensei no garoto de olhos risonhos, cujo nome eu nem ficara sabendo, que jamais tornaria a ver. Então, ao sair do prédio e vê-lo recostado no bicicletário, a primeira coisa que pensei foi em milagre. Depois lembrei que essa não era uma possibilidade. Mesmo assim, quando ele me convidou para tomar um café, a situação realmente pareceu obra de uma intervenção divina.

Engatamos uma conversa de duas horas, parando apenas para respirar. James contou que estava no segundo ano de gastronomia e sonhava em ser chef. Era obcecado por programas de culinária, e podia pegar cinco ingredientes de qualquer tipo e transformar num prato delicioso. Era filho único, criado pela mãe, que um dia o largou com o pai e nunca mais voltou. Ele tinha saído da casa do pai pouco antes e se instalara temporariamente na casa de um primo nos Heights enquanto decidia o que fazer.

Contei a James que estava estudando administração e contabilidade na esperança de um dia assumir – ou, segundo Ammi, expandir – o negócio de peças automotivas dos meus pais. Contei como Abu havia ganhado um *green card* na loteria do governo americano aos 19 anos, desembarcando no aeroporto JFK com uma única mala. Passou dez anos trabalhando em três empregos, às vezes cumprindo vinte horas diárias, mandando dinheiro para casa todos os meses e guardando o que podia até juntar o suficiente para começar um negócio próprio. Só então voltou para casa, em busca de uma esposa.

Contei a ele sobre Ammi, que foi viver num país estrangeiro com um marido que mal conhecia, chegando no inverno, agredida pelo frio. Chorava todos os dias. Só saiu de casa ao ver a primeira flor, momento em que caminhou até a loja de Abu e pediu que ele lhe desse algo para fazer. Ele a ensinou a fazer a contabilidade, e agora ela fazia isso para tanta gente que precisava até recusar clientes. Abu às vezes brincava que era ótimo ter se casado com Ammi, pois, do contrário, ela não teria tempo de cuidar dos livros contábeis dele.

Às seis, Ammi me mandou uma mensagem de texto querendo saber onde eu estava. James e eu trocamos números de telefone e passamos o restante da semana conversando por mensagens.

– Para quem você está escrevendo? – perguntou Halima.

A mentira veio automaticamente:

– Jabir.

– É um amigo novo da escola? – perguntou Ammi.

– É.

Aquela noite, troquei o nome de James na lista de contatos para Jabir e comecei a apagar suas mensagens ao fim de cada dia.

Por sugestão minha, nos encontramos outra vez, longe do campus, num daqueles cafés caros de shopping.

– Está saindo com alguém? – perguntou James de forma displicente.

– Não no momento – respondi.

– Não no momento? – repetiu ele, num tom lento e provocante, como se já soubesse a verdade.

– Eu nunca... saí com ninguém – admiti. – Nunca fiz nada... com ninguém.

Por um segundo, temi que ele zombasse de mim ou me rejeitasse, mas apenas correu o dedo pela borda da caneca como se tudo fizesse sentido, como se *eu* fizesse sentido.

– Imagino que sua família não saiba.

– Ninguém sabe.

– Só eu.

A revelação me desconcertou, só que de um jeito bom. Era como se eu fosse uma lata de refrigerante, bem quietinha e empoeirada numa prateleira, até que alguém chegou e me sacudiu. Pela primeira vez na vida, outra pessoa sabia quem eu era. A constatação me deixou tonto, desnorteado, embriagado (ou como eu imaginava que fosse ficar embriagado).

– Só você – respondi.

James sorriu e umedeceu os lábios.

– Agora que você me contou um segredo, acho que te devo um também.

– Você já me contou que é obcecado por aquela cantora.

– Freya. – Ele balançou a cabeça. – Não. Ela não.

Ele baixou o olhar e sua pele enrubesceu junto às costeletas. Estava constrangido. Eu era um caso perdido.

– Não foi você que largou aquela nota de 1 dólar no chão. – Ele fez uma pausa. – Fui eu.

– Você? Por quê?

Ele ergueu os olhos lentos e sonolentos, encontrando os meus como o sol da manhã.

– Para puxar assunto com você.

E, assim, a latinha foi sacudida com mais força, e a sensação de efervescência ficou ainda mais intensa do que na noite do *Aladdin*, mais intensa do que as fantasias que eu tivera, ao longo dos anos, com tantos garotos com quem nunca me permiti imaginar de fato estar.

– Tenho outro segredo para você – disse James.

Ele se debruçou sobre a mesa e pediu que eu me aproximasse. Tinha a boca junto à minha orelha, o dedo no lóbulo. Se ele abrisse a lata, não haveria como voltar atrás.

– O quê? – indaguei, o corpo inteiro liquefeito.

– Vou te beijar agora – sussurrou ele.

• • •

– Achei que março começava frio e terminava nem tanto – resmungou James naquele dia gélido, um ano e meio depois. – E já estamos quase em abril. Não deveria estar tão frio.

James já não morava mais em Nova Jersey nem frequentava a faculdade, por isso adquirimos o hábito de nos encontrar às quintas na cidade. Ele reclamava que um dia por semana não era suficiente;

eu também não gostava, mas às vezes passávamos dez horas juntos e eu alegava que não era tão ruim assim se dividíssemos o período por uma semana.

James odiava o frio, sobretudo nas quintas, pois se tratava de um doloroso lembrete de que não tínhamos aonde ir. Ele fora expulso da casa do pai ao revelar que era gay, antes de me conhecer. Desde então vinha pulando de casa em casa, abrigado por parentes e amigos, primeiro nos Heights, depois em Grand Concourse e agora em Inwood, com uma tia solidária que trabalhava à noite.

– Vem dormir comigo – disse ele, sedutor.

Eu queria. Mas não podia.

– Poderia, se contasse à sua família.

– E o que você ganhou ao contar?

Era golpe baixo, mas ilustrava meu argumento. E isso costumava fazer James se calar.

Quando esfriava lá fora, nós íamos a algum café, onde passávamos horas sonhando estar em outro lugar. "Um dia vamos ao Brasil. Ou a Fiji", dizia James. Ele via fotos de casas em árvores na Amazônia, bangalôs em Fiji boiando na água azul feito piscina. Me mostrava as imagens no celular. "Você vai ser piloto e vai nos levar a todos os lugares que quisermos", acrescentava ele, mesmo sabendo que, muito tempo antes, desde que parei de assistir às decolagens, eu havia deixado de lado os planos de me tornar piloto.

Às vezes eu tentava nos imaginar caminhando pelas florestas tropicais, mergulhando em rios incrivelmente azuis, mas era como tentar ler um livro em sonho: não dava para enxergar muito bem.

Naquele dia frio de primavera, Fiji parecia mais distante do que nunca. Fui direcionando James até a Starbucks mais próxima, sabendo que um chocolate quente e um cantinho acolhedor seriam o melhor que conseguiríamos.

Entretanto, ele não quis ir até lá. Não queria ir a lugar nenhum.

– Estou cansado disso – murmurou ele.

"Cansado disso" foi um soco no estômago. "Cansado disso" significava, na verdade, cansado de mim.

– É porque sou negro? – indagou James. – Cristão? Não tenho o que fazer em relação à cor, mas posso me converter. Eu tive um tio que pertenceu ao grupo Nação do Islã durante um tempo.

Demorei um pouco para compreender aquelas palavras. Ele achava que eu não contava nada para minha família porque ele não era muçulmano.

– Não ia adiantar nada.

– Pelo menos estou disposto a entrar.

– Acha que eles te convidariam para jantar? Que ficariam felizes por você dormir lá em casa? – Balancei a cabeça, irritado. – Minha mãe passou seis meses sem falar com meu irmão quando ele se casou com uma *mulher* branca.

– Daí você vai simplesmente continuar agindo desse jeito? Vai continuar mentindo para eles, e para si mesmo, porque é covarde demais para contar a verdade?

– Por que é que eu estou mentindo para mim mesmo?

– Você vive bancando o filho perfeito e obediente, mas é tudo babaquice. – Ele parou e me encarou, com desgosto e desdém. – Você já contou aos seus pais que queria ser piloto?

– O que isso tem a ver? Toda criança quer ser alguma coisa quando crescer! Abdullah queria ser Bob, o Construtor! Halima queria ser uma princesa da Disney. Não quer dizer que vamos virar essas coisas. Além do mais, nenhuma companhia aérea americana ia querer contratar um piloto chamado Harun Siddiqui.

– Está vendo? – disse James, cutucando-me com o dedo. – Essa é a questão. Você julga os outros sem nem dar chance.

– Não – retruquei. – Eu sou realista.

James resmungou e se afastou. De repente, ele se deteve abruptamente e achei que voltaria para fazer as pazes. Sua raiva nunca durava muito. Então ele se agachou e pegou uma nota de 50 dólares.

A princípio, pensei que ele havia deixado cair de propósito, mas eu sabia que James não tinha notas de 50 dando sopa. Então percebi, por seu sorriso surpreso, que ele realmente encontrara o dinheiro.

– Vamos ver se alguém perdeu – falei.

– E deixar outra pessoa levar? – Ele balançou a cabeça. – Ah, nem a pau.

– Isso é roubo.

– Achado não é roubado. Qualquer um pode ter deixado cair, mas *a gente* encontrou.

– Mesmo assim, não é certo.

– Considere um presente de Deus.

– Você não acredita em Deus.

– Nada disso. É você que não acredita em Deus.

– Por que está falando isso?

– Porque você não tem fé.

Eu não soube o que responder.

– Tem algum dinheiro aí? – perguntou ele.

Eu tinha 20 dólares e uns trocados. James começou a mexer no celular.

– Juntando a grana dos dois, temos quase 90. Deve haver algum hotel tosco que alugue quartos por esse preço. – Ele mexeu mais um pouco no celular, então escancarou aquele sorriso cheio de dentes. – Tem um perto da Penn Station que cobra 93 dólares a noite.

– A gente não tem 93.

– Mas falta pouco. Vem cá.

Caminhamos até o hotel, açoitados pelo vento cortante e poeirento.

O recepcionista explicou que, na verdade, o pernoite custava 125 dólares mais impostos, mas, se pagássemos em dinheiro, saíssemos até o final do turno dele e não usássemos as toalhas, podíamos fechar por 80.

Subimos de elevador até o nono andar. James tremia ao destrancar a porta, mas disse que era por conta do frio, e a primeira coisa que fez foi aumentar o termostato.

O quarto era feio e escuro, e a janela dava para uma área de ventilação. Quando me imaginava com ele em algum lugar, não era naquilo que eu pensava. Nem nas águas tropicais de Fiji. Eu pensava na minha casa, na minha cama.

James era *minha* fantasia de fuga. Poder dormir de conchinha com ele na minha cama, em casa, sem nos esconder. Só que isso parecia mais distante que o bangalô em Fiji.

Sentamos em cantos opostos da cama. Fazia tanto tempo que queríamos isso, um lugar para ficar juntos, e agora não sabíamos como agir.

Não é que nunca tínhamos feito sexo. Nos recônditos do Central Park, nas áreas vazias do último andar das lojas de departamento antigas e falidas da cidade, havíamos explorado os recantos secretos do corpo um do outro. Porém, por necessidade, eram sempre encontros ligeiros e furtivos: camisas para cima, zíperes para baixo, partes importantes expostas, mas ambos sempre prontos para sair correndo.

Na verdade, eu era assim com James: sempre pronto para sair correndo.

Só que ali, naquele quarto, com o termostato ligado, poderíamos fazer tudo com calma. Hesitantes, começamos a nos beijar, entre risadinhas nervosas. Arrancamos os sapatos, nos beijamos um pouco mais, já com mais intensidade, e tiramos a camisa. Íamos devagar, por mais torturante que fosse, pois, pela primeira vez, podíamos.

Assim, eu vi coisas em James que nunca tinha visto. Uma cicatriz dura em seu ombro esquerdo. A forma como a pele da barriga tinha um tom diferente do resto, mais próximo do meu. Seus pés, com os dedos todos do mesmo tamanho.

– Minha mãe chamava de pés de bailarina – disse ele, quando comentei.

– Você nunca fala da sua mãe.

– Não tenho o que falar.

– Você a amava?

– Que pergunta é essa? Claro que amava. – Ele se deteve para roer a unha do polegar. – E sei que ela me amava, só que às vezes isso não basta.

– Você sempre diz que a gente só precisa de amor.

– Talvez eu também deva começar a ser realista.

A sensação ruim retornou.

– Eu te amo – falei. – Você sabe disso, não sabe?

– Mas não a ponto de tomar uma atitude. Não a ponto de arriscar. Eu contei ao meu pai. Não pensei nas consequências.

– Isso não é justo. Você contou ao seu pai antes de a gente se conhecer. E, caso você não lembre, ele te expulsou de casa.

– "Caso você não lembre"... – repetiu ele, em tom de deboche. – Como se eu pudesse esquecer. Contei ao meu pai sabendo que um dia conheceria alguém como você e, quando isso acontecesse, eu estaria pronto.

O aquecedor desligou. O quarto esfriou. Eu sabia o que ele queria dizer, ou o que achava que queria. Ele tinha contado ao pai para abrir espaço para mim. Porém, só o que ouvi em *alguém como você* foi alguém diferente de mim.

– Nada vai mudar se você não estiver disposto a mudar – continuou ele. – Então a gente vai continuar se escondendo, subornando recepcionistas para passar cinco horas num hotel.

– Agora são quatro – repliquei. – E a ideia foi sua.

– Beleza. Quer transar?

Ele abriu o zíper da calça e puxou a minha.

Naquele momento, eu só queria que o frio desaparecesse do quarto. Queria que a distância entre nós diminuísse. Pegar mais alguns minutos emprestados. Então disse que sim, que eu queria transar.

Ele avançou para cima de mim, e eu, para cima dele. Não sabia se estávamos brigando ou fazendo as pazes, nos declarando ou dando adeus, transando ou fazendo amor.

Talvez tudo isso junto.

Depois dormimos abraçados, de conchinha.

Acordei com o pisca-pisca de uma chamada no celular. Era Ammi. Já passava das seis. Eu já tinha que estar em casa.

Deixei James no hotel, disparei até a estação de trem e corri para casa. Tentei imaginar como seria contar aos meus pais. No entanto, era como o bangalô em Fiji: existia em algum lugar do mundo, mas eu nunca iria para lá.

Cheguei em casa tarde e inventei que havia perdido a noção da hora estudando para uma prova importante. Como fazia todas as quintas, me preparei para o instante em que Ammi perceberia a minha mentira, com o mesmo radar com que detectava os 5 dólares faltantes nos registros dos clientes, o mesmo radar com que farejava qualquer movimentação estranha nos livros contábeis. Só que isso nunca acontecia. Ammi acreditava em mim porque, ao contrário do que ocorria com os clientes, ela confiava em mim.

Fiquei brincando com a comida, alegando que tínhamos pedido uma pizza durante a sessão de estudos. Ela fechou a cara, mas recolheu meu prato. Corri para tomar banho e tirar o cheiro de James.

Em meu quarto, conferi o celular: nada de James. Eu já estava abrindo o Facebook no computador para ver se ele havia deixado uma mensagem por lá, quando Abu enfiou a cabeça no vão da porta. Minimizei a janela mais que depressa.

– Tudo bem? – indagou o pai.

Pela milionésima vez, tentei imaginar como seria contar a ele. *Estou apaixonado*, eu poderia dizer. *O nome dele é James.*

– Posso te perguntar uma coisa? – falei.

– Pode me perguntar o que quiser.

– Por que Ammi ficou tão brava quando Saif se casou com Leesa?

– Aquela mulher nem sempre facilita as coisas.

– Eu sei, mas Ammi já estava brava antes de conhecê-la.

Abu suspirou e sentou-se na beirada da cama de Abdullah.

– Você precisa entender, *beta*... Sua mãe deixou a família para vir morar aqui nos Estados Unidos. E às vezes ela acha que este país está transformando seus filhos em estranhos. – Ele fez uma pausa e sorriu. – Por quê? Você conheceu uma garota?

Estou apaixonado. O nome dele é James.

– Não – respondi, pela primeira vez dizendo a verdade.

Uma mensagem apitou no Facebook. Meu coração disparou só de pensar em falar com James.

– Vou voltar ao trabalho.

A mensagem não era de James, mas de meu primo Amir. Não nos víamos desde a vez que ele viera nos visitar, mas, nos últimos anos, passamos a nos falar pelo Messenger.

Como vai, primo?, dizia ele.

Não muito bem, respondi.

Ele estava on-line, mesmo sendo cinco da manhã por lá. Vi as bolinhas se mexendo enquanto ele digitava. Me conte o que aconteceu. Inshallah, posso ajudar.

As palavras que não pude confessar ao meu pai se avultaram dentro de mim, desesperadas por um ouvinte, e meu primo, a 15 mil quilômetros de distância, a semente de tudo, não apenas era confiável, como também *qismat*, o destino.

3

FOME

Ao fim dos trabalhos na clínica, enquanto eles aguardam os papéis de liberação de Nathaniel, o médico pede o número do celular de Freya. Embora ele tenha fornecido amplas evidências de que, além de incompetente, é um babaca, e embora o radar de babacas de Freya seja tão apurado que poderia ser vendido à CIA, o pedido mexe com seu coração. Ela se ofereceu como contato de emergência de Nathaniel, e agora o médico está oficialmente lhe atribuindo esse papel.

Ninguém nunca esteve sob a responsabilidade de Freya. Ela é que sempre esteve sob os cuidados de alguém: primeiro seu pai, depois Sabrina, agora Hayden. Então anota o número para o médico, meio constrangida com a própria satisfação.

Por hoje, pelo menos, ela é responsável por alguém. Já não quer saber se ele vai processá-la ou se Harun vai vender suas fotos. Ela tem aquela responsabilidade.

Freya entrega o papel, que o médico dobra até virar um quadradinho e enfia no bolso da frente do jaleco.

– Gosta de martíni? – pergunta ele, com um sorriso ensebado.

A garota leva um instante para perceber que entendeu tudo errado (qual é a novidade?): o médico está dando em cima dela.

Freya volta a murchar, mais ainda por ter estado, pelo menos por uns instantes, inchada de orgulho. Na mesma hora, é abatida por um péssimo humor – mau humor extremo é evidência do "modo diva", segundo a mãe. Sente-se pior que ao ser mandada embora sem milagre pelo doutor milagroso. Pior que ao ver a postagem de Alex Takashida no Facebook (*Ela aceitou!*).

Freya nunca recebe pedidos que tem vontade de aceitar. Freya não é responsável por ninguém. Freya é amada por milhões, mas necessária a ninguém.

Que se dane. Já não quer nem saber se Harun tirou alguma foto sua. Ele que venda. Por que não deveria aproveitar o status dela de "alguém entre celebridade instantânea e subcelebridade" antes que seja tarde? Deveria aproveitar mesmo.

A mãe dela tinha razão. Ela devia simplesmente ir para casa e ver *Scandal*.

Só que não está a fim de fazer isso. Ela não quer fazer nada. As últimas semanas haviam sido melancólicas. Horas e horas desoladoras. O que costumava acalmá-la – conectar-se, conversar com os fãs, pelo menos ler o falatório a seu respeito – agora a atormenta. A profecia de Hayden não sai de sua cabeça: *Seus fãs vão esquecê-las. Os números vão despencar. E vocês vão voltar a ser pessoas comuns.*

– Então – diz ela a Nathaniel. – Aonde você vai?

– Acho que vou encontrar meu pai – responde ele, hesitante.

Foi a frase mais longa que ela o ouviu pronunciar, então pelo menos ele não tem problemas cerebrais. Embora ainda pareça bem tonto, e olhar para ele cause uma desnorteante empatia.

– Está hospedado com amigos? Num hotel? Ou Airbnb?

Sem resposta.

– Ou seu pai mora aqui?

– É. Meu pai cuidou disso.

O problema é com ela ou o garoto não está dizendo coisa com coisa? Freya olha para Harun e inclina a cabeça para o lado. Ele responde com um meneio de cabeça quase imperceptível.

– Talvez seja melhor você ligar para seu pai – sugere Harun.

– Não quero preocupá-lo – responde Nathaniel.

– Não é legal você ficar circulando por aí depois de uma concussão.

– Pois é! – concorda Freya, recordando o que viu em algum programa de TV. Teria sido *Grey's Anatomy*? Ela e Sabrina assistiam juntas religiosamente. – Não pode cair no sono.

– Cair no sono?

– É perigoso dormir – responde Freya. Ela não sabe se isso é verdade, mas, como diria Hayden, a verdade é o que vendemos como verdade. – Pode não acordar nunca mais.

– O médico não falou nada disso – rebate Nathaniel, num tom lento e cadenciado. – Ele nem soube dizer com certeza se foi concussão.

– Esse médico é um incompetente – replica Harun. – Quando meu irmão Abdullah sofreu uma concussão, foi orientado a não dormir sem supervisão, pois poderia ter um hematoma subdural. Se a pessoa tiver, morre. – Harun se vira para Nathaniel. – Você não quer que isso aconteça, certo?

Nathaniel não fala nada, então Freya responde por ele:

– Não, ele não quer.

• • •

Agora, com a mente clareando, Nathaniel está mais confuso do que nunca.

Ele compreende o que aconteceu. A garota, Freya, caiu em cima dele, e o outro cara – Harun? – viu tudo. O que ele não entende é o que os dois ainda estão fazendo ali.

Sabe por que não foi deixado sozinho no parque, embora não se surpreendesse, nem se decepcionasse, caso tivesse sido. E compreende por que os dois o levaram ao médico e até pagaram a consulta: sentiram-se culpados, obrigados.

Fosse lá qual fosse a dívida, no entanto, já havia sido paga. Os dois já estão liberados. Ele já garantiu que está tudo bem.

Mesmo assim, a dupla ainda está lá.

Isso o deixa irritado, quase tanto quanto as perguntas que continuam disparando. Depois de o advertirem sobre sua morte iminente – isso quase lhe arrancou risadas –, começaram a interrogá-lo a respeito de seus planos, querendo saber detalhes: onde, quando, endereço, coisas para as quais Nathaniel não tinha se preparado.

– Talvez seja melhor esperarmos você falar com seu pai – conclui Freya.

Nathaniel não é, por natureza, uma pessoa mentirosa, mas ao longo dos anos aprendeu uns truques para despachar os outros, proteger o pai, proteger a si mesmo.

Nathaniel pega o celular.

– Ah, olha, ele mandou uma mensagem.

– Nem ouvi o telefone tocar – diz Harun.

– Está no silencioso.

Eles não facilitam, esses dois. Nathaniel pede licença e finge ouvir a caixa postal e retornar a ligação do pai, falando com ninguém. "Isso", diz ele, e conta como é bom estar em Nova York. "Eu também", responde, quando o pai "fala" que está ansioso para vê-lo. Depois de um ou dois minutos, desliga e volta para perto dos outros.

– E aí? – pergunta Harun.

– Ele falou que a gente pode se encontrar mais cedo – disse Nathaniel.

– Agora?

Nathaniel faz que sim.

– Talvez a gente deva levá-lo até lá – diz Harun a Freya. – Deixá-lo em segurança.

A situação só piora. Por que são tão persistentes?

– Bom, não agora, *agora* – intervém Nathaniel, tropeçando na própria história. – Daqui a umas horas. Ele está ocupado.

– Ocupado? Você não contou a ele que sofreu uma concussão?

Harun parece ultrajado com a aparente negligência do pai do menino. Nathaniel sente emergir o antigo instinto de proteger o pai.

– Eu não contei – explica ele. – Não quis preocupá-lo.

Espera uma réplica de Harun, que até então tem sido um feroz interrogador, mas o garoto simplesmente assente, parecendo concordar que não há necessidade de preocupar os pais à toa.

– Deixe pelo menos eu arrumar um táxi para você – diz Freya.

Os dois já perderam tempo e dinheiro suficiente com ele. No entanto, se aceitar o táxi, fica livre da dupla.

– Ok – concorda Nathaniel.

– Para onde você vai?

– Ah, para a 175th Street – diz ele, num chute.

– Onde você vai se hospedar?

– Com uns amigos do meu pai.

Eles parecem aceitar a resposta, mas Nathaniel ainda está incomodado. E se quiserem ir com ele? E se quiserem conhecer o pai dele?

– Qual é o endereço? – indaga Freya.

Por que estão fazendo isso? Ele já deu aos dois todas as oportunidades para ir embora. Por que estão dificultando tanto as coisas? Sabe que são pessoas bondosas, com boas intenções, mas não percebem que um gato de rua que ganha comida acaba voltando, ficando dependente?

Não existe endereço. Será que ele deveria inventar um? Tipo 175th Street, número 43? Isso existe?

– Meu aplicativo do Uber não está funcionando – diz Freya, batendo o celular na coxa.

Que alívio. Nathaniel suspira.

– Posso pegar o metrô.

– Não – retruca ela, num tom duro. – Vou chamar num táxi e pagar a corrida.

Freya avança até a rua para chamar um táxi, e Nathaniel observa. Ela ergue a mão, confiante, como se certa de que será vista. Ele fica pensando como deve ser essa sensação.

Por mais que tenha tramado a própria partida, já começa a lamentar a ausência desta garota incrível, deste menino persistente. Visualiza os dois se afastando pelo vidro traseiro de um carro. Sente o peso da solidão. Pelo menos vai ver o pai em breve.

Freya pula de volta na calçada, segurando o pé e soltando palavrões. Gotas de sangue pingam na calçada. Um caco de vidro verde cintila em seu calcanhar.

– Tudo bem? – pergunta Harun.

– Acho que as pessoas não andam descalças na cidade por alguma razão – responde ela, pesarosa, pulando num pé só.

– Está com uma cara bem ruim. Não é melhor a gente voltar para a emergência?

– Sem chance. Aquele médico foi um babaca. Além disso, a clínica vai cobrar 100 dólares por um pedaço de gaze. – Ela fita o pé. O sangue está sujando sua calça jeans. – Que ótimo, estou parecendo uma mendiga assassina.

Nathaniel costuma andar com um kit de primeiros socorros; começou a fazer isso depois do episódio do olho. Claro que um pedaço de gaze e uma pomada antibiótica não teriam feito diferença no seu caso, mas é melhor estar preparado. No entanto, ele havia deixado o kit em casa. Não via razão para estar preparado em Nova York.

– Posso dar um jeito para você – afirma ele. – Só precisamos de gaze e uns lenços umedecidos.

– Tem uma farmácia do outro lado da rua – comenta Harun.

Os três atravessam a rua como antes, mas em outra ordem: em vez de Nathaniel seguir cambaleante entre Freya e Harun, agora é Freya quem vai mancando no meio dos dois. Ela insiste em dizer que está tudo bem, uma mentira que Nathaniel reconhece perfeitamente.

Harun se oferece para comprar os curativos, então Nathaniel se senta do lado de fora, com Freya e o pé ensanguentado.

– Desculpa – diz ele.

– Por que *você* está se desculpando? – retruca Freya, num tom afiado.

– Porque a culpa foi minha.

– Como assim, foi sua?

– Eu vomitei no seu sapato.

– Você vomitou porque eu caí em cima de você. Se alguém tem que pedir desculpas aqui, sou eu.

– Não.

– Não?

– Não peça desculpas. Eu gostei de você ter caído em cima de mim.

– Como assim?!

Porque não dá para cair em cima do que não existe, pensa Nathaniel. Ele é antissocial, mas não se desligou do mundo a ponto de não perceber que o comentário é estranhíssimo. Então não responde nada.

• • •

Na farmácia, Harun pega mais itens que o necessário. Imagina que, se montar o kit de primeiros socorros certo, pode manter Freya por perto um pouco mais e dar um jeito de fazê-la encontrar James. Ele claramente o bloqueou, então não vai ver mensagem nenhuma e, mesmo que visse, sem dúvida não acreditaria. Porém, quando James vir Freya em carne e osso, vai ter que compreender que é um sinal de que os dois precisam ficar juntos.

Ele põe na cesta água oxigenada, ataduras, gaze, esparadrapo, pomada antibiótica e uma tesoura. Passa direto pelos produtos genéricos e pega os mais caros, de marca, porque é Freya. A compra totaliza quase 30 dólares, e ele paga com a reserva de dinheiro que roubou para a viagem. Sente-se bem em dar um uso digno ao dinheiro, por mais que suas intenções não sejam tão nobres. Gosta de pensar que estaria ajudando da mesma forma, ainda que não fosse Freya. Só que talvez tivesse comprado as ataduras mais baratas.

• • •

Freya se senta num canteiro de cimento, e Nathaniel usa a tesoura para extrair o vidro alojado em seu pé. Delicadamente, ele limpa a área com água oxigenada. Deve estar ardendo, mas Freya nem estremece.

Admirável, pensa ele.

Espalha uma generosa quantidade de pomada no pé dela e envolve, bem devagar, seu tornozelo na gaze.

Ele se demora. Porque é metódico por natureza, mas também porque é bom demais tocar outro ser humano (ainda mais *este* ser humano). Há muito tempo não fazia isso. Enquanto segura o pé de Freya apoiado em seu joelho – manchando sua calça jeans com um pouco de sangue, para combinar com a gota que ele ganhou na camisa ao tocar o rosto dela –, Nathaniel sente algo fermentando dentro de si. Imagina um passarinho, pequenino e indefeso. Lembra-se de quando um ninho despencou de uma calha em sua casa, e ele e o pai tentaram salvar os filhotinhos, alimentando-os com conta-gotas. "Esperança é a coisa com penas", dissera o pai, citando Emily Dickinson. Porém, os pássaros morreram, e Nathaniel percebeu que, na verdade, o pesar é que era a coisa com penas.

Ele não quer ter esperança. Não pode se dar ao luxo de ter esperança. Mas lá está o frio na barriga, só porque uma garota bonita (uma garota linda) e de belos olhos (olhos tristes) permite que ele segure seu pé descalço para cuidar de uma ferida que ele mesmo provocou.

Nathaniel não quer ter esperança. Mas também não quer abandonar tudo ainda. Será que existe um meio-termo, um espaço onde ele possa se permitir um tantinho de bondade humana sem se envolver demais? É tão fácil se envolver... Três filhotes de passarinho, uma caixa de sapatos e um conta-gotas. Eles enterraram os animais perto de onde tinham espalhado as cinzas de Mary. O pai dele chorou.

O pé de Freya está envolto em ataduras e esparadrapos, mas Nathaniel não consegue soltá-lo. Só mais uns minutos. Seu pai não vai se incomodar. Ele perdeu a batalha, a esperança venceu, e o desespero para escapar foi revertido. Por causa de um pé. Um pé que ele parece incapaz de soltar. Um pé que, por um milagre, ainda está apoiado em seu colo.

Ele fita o pé dessa garota admirável e prende o ar, pois, se fizer o menor movimento que seja, vai quebrar o feitiço, e Freya certamente irá embora.

• • •

O feitiço é uma via de mão dupla. Freya também não consegue se mexer. Não quer se mexer. Nathaniel está segurando seu pé imundo, mas parece tocar seu coração. Parece até que ela tem um coração.

Por favor não largue, pensa ela.

• • •

Nathaniel não larga.

• • •

Harun também não quer largar.

– Talvez seja melhor comprar um sapato para você – sugere ele.

Freya *precisa* de um sapato. Porém, a questão é que, se ela decidir comprar sapatos, ele ganha tempo.

– Tem uma loja mais ali à frente – acrescenta ele.

• • •

– Sapato! – exclama Nathaniel.

Que ideia genial. Ele queria abraçar Harun.

– Preciso comprar um sapato para você.

– Ah, nem precisa – replica Freya, recolhendo o pé.

– Não – retruca Nathaniel, puxando o pé de volta. – Tenho que compensar o que estraguei.

– Eu nem gostava daquele sapato. Você me fez um favor.

Nathaniel não quer saber se ela gostava ou não. É ele quem precisa do favor. Precisa disso. Só mais um pouquinho. Será que é pedir demais? Provavelmente, mas ele está pedindo mesmo assim.

– Eu *tenho* que comprar um sapato para você.

Freya enrijece o pé, e Nathaniel sabe que acaba de apresentar uma parte de si que deveria permanecer escondida. A parte selvagem e feroz que papai dizia que os dois podiam revelar um ao outro, porém a mais ninguém (*Não conte à sua* mãe), pois nenhuma pessoa entenderia. Nathaniel tenta se lembrar de quem foi um dia, atlético, popular. Tenta fingir ser ele mesmo.

– É a coisa certa a fazer, arrumar sapatos novos para você, sabe?

A voz dele soa estranha e distante, como alguém na televisão. Será que ela engoliu? Será que ele consegue se passar pela pessoa que era antes? Algum dia foi essa pessoa?

– Sério, eu não preciso de um sapato – garante Freya.

Ela começa a recolher a perna, mas Nathaniel não consegue soltar seu pé. É um homem à beira do afogamento, e o tornozelo dela é a boia salva-vidas. Mas ela está puxando, deixando-o sem escolha a não ser revelar o selvagem que há dentro de si.

– Por favor – implora ele. – Me deixe comprar um sapato.

• • •

Freya não precisa de sapatos novos. Em casa, tem montes de pares. Muitos, como os jogados no lixo mais cedo, foram presentes, enviados na esperança de uma menção aos produtos na internet. Ela costumava se empolgar com tantos artigos enviados em troca de sua opinião. Agora, no entanto, sabendo que tudo pode acabar em breve, é como usar sapatos feitos de chumbo.

De todo modo, ela não precisa que Nathaniel lhe compre sapatos. Certamente não sapatos de 375 dólares, preço do par que acabou todo vomitado. Fica pensando se ele sequer dispõe desse valor.

Lembra-se da carteira de Nathaniel, das notas solitárias, da tirinha de fotos amassada, do cartão de visitas dobrado. Olha para os sapatos dele, um par de tênis de lona encardido, e apostaria 375 dólares que havia buracos nas solas.

• • •

É uma aposta que ela ganharia.

• • •

Nessa hora, Freya compreende: ele é sua responsabilidade. Está, pelo menos por hoje, sob os cuidados dela. Não precisa de sapatos novos, mas precisa seguir adiante com isso. Então, se Nathaniel quer comprar sapatos, vai deixá-lo fazer isso.

– Ok – concorda ela. – Vamos às compras.

• • •

Quem ficou mais feliz com a afirmação? Harun, Nathaniel ou Freya? Difícil dizer.

• • •

A loja que Harun mencionou é uma sapataria do tipo em que Freya costumava comprar, mas há anos não compra, por motivos de *sonhe, seja*.

Está vazia e tem poltronas confortáveis, mas Freya aponta para os bancos do lado de fora.

– Esperem aqui.

A frase sai em tom de ordem. Já lhe disseram que ela às vezes passa a impressão de mandona, insolente. *No começo ela precisava de nós, mas agora subiu à cabeça*, escrevem eles. *Não*, Freya quer responder. *Ainda preciso de vocês.* No entanto, não tem mais permissão para responder, então o silêncio parece confirmar todas as suspeitas. De qualquer modo, Hayden mandou que ela não se preocupasse com isso. Alguns fãs mais antigos sempre se sentiam traídos ao ter seu segredo revelado. Isso não fez Freya se sentir melhor. Ela não queria trair mais ninguém.

Ainda assim, não tem a menor intenção de gastar a nota de 50 dólares que ele pôs em sua mão, por isso não quer que Nathaniel entre na sapataria. Assim, suaviza a voz e diz:

– Mulher em loja de sapato às vezes demora um pouco.

É a primeira vez que Freya vê Nathaniel sorrir.

– Leve o tempo que precisar – diz ele, parecendo honesto, o que o transforma num rapaz único.

– É, não tem pressa – acrescenta Harun.

Não mais único.

Ela deixa os dois ali e entra na loja, olhando os produtos, inspirando o cheiro de couro novo.

– Gostou de alguma coisa? – indaga o vendedor.

Antes de sair para um evento, Freya e a mãe avaliam uma série de fotografias tirada por um estilista, com diferentes combinações de figurinos para diferentes ocasiões. Jamais roupas repetidas. Às vezes ela curte as roupas, outras, não, mas sempre parece brincar de se vestir. "É esse o objetivo", afirma a mãe, cuja fala a cada dia se assemelha mais à de Hayden.

Freya analisa os calçados e para diante de um par de sapatilhas cor de laranja, de solado grosso. Vira a sola: 80 dólares, mas sai pela metade do preço. Quando Nathaniel empurrou a nota de 50 em sua mão, ela aceitou só para acalmá-lo, pensando em dar um jeito de devolver depois. Ainda assim, parece correto não extrapolar o orçamento dele.

– Vou querer um desse, tamanho 37.

Enquanto aguarda, pega o celular. Antes de desbloqueá-lo, desvia o olhar para a janela. Do lado de fora, Harun e Nathaniel estão sentados lado a lado, as mãos no colo, como crianças obedientes à espera da mãe. Então, sente outro aperto no peito.

Guarda o celular. O vendedor traz os sapatos e Freya os calça. Servem direitinho. Ela paga com o cartão de crédito e retorna aos garotos.

– Estou faminta – anuncia, mesmo sem fome alguma. – Onde vamos comer?

Ela usa o tom imperioso, esperando passar a impressão de que o almoço havia sido marcado semanas atrás. Tenta encobrir o fato de que, se esses dois estranhos disserem "não", Freya – que tem milhões de amigos – não terá uma única alma a lhe fazer companhia.

Ela olha para Harun. Até então ele tem sido seu aliado. Será que ele vai?

– Tem um restaurante aqui perto – comenta o garoto, e Freya sente vontade de abraçá-lo. – Eu já fui lá. Não é muito caro, não que você... – Ele gagueja e enrubesce. – A comida é boa e os garçons não ligam se a gente demorar.

– Perfeito – diz Freya.

Harun se levanta. Nathaniel continua sentado.

– Você não vem? – indaga ela.

Parte dos talentos de um bom vocalista é saber projetar a voz de modo a expressar sentimentos que ele não necessariamente nutre. Freya soa autoritária, embora na verdade esteja ansiosa, pensando na possibilidade de que Nathaniel recuse, de que seu frágil plano desmorone, os três se separem e ela fique sozinha.

– Está sem fome? – indaga Harun diante do silêncio de Nathaniel.

Freya quer socá-lo por dar a Nathaniel a chance de escapar. Será que ele não vê o esforço que ela está fazendo? Quanto ela precisa disso?

– Não, estou com fome – admite Nathaniel.

• • •

Nathaniel não está com fome. Está esfomeado. Há mais de duas semanas não faz uma refeição quente. Aliás, há duas semanas não compartilha uma refeição com alguém.

Esse, no entanto, é o tipo de coisa que não se revela. Não em voz alta. Não quando tudo está, pelo menos por ora, indo bem.

• • •

Nathaniel está com fome. Freya está aliviada, que ridículo.

– Legal – diz ela, abrandando o entusiasmo agora que todos chegaram a um acordo. – Vamos comer.

• • •

O garçom do restaurante é um velho grego intratável, que não atenua a grosseria, quer o cliente peça uma xícara de chá ou um bife grelhado (o que James fez uma vez, para os dois dividirem – erro feio, pensando bem, pois a carne tinha gosto de borracha). Ele faz cara de bravo, quer a pessoa coma e saia em meia hora ou passe horas no restaurante. Por isso mesmo, era um dos lugares favoritos deles.

James flertava com o garçom, mesmo sem o menor sucesso. Ele era determinado.

– Eu conquisto qualquer pessoa – dizia, disparando um olhar a Harun, para mostrar a que "qualquer pessoa" estava se referindo.

Não há motivo para achar que James possa estar ali. Ainda que seja quinta-feira. James provavelmente nem viria à cidade hoje.

Por que viria? Mas se viesse, se estivesse ali... Harun se imagina entrando com Freya. Dando a James esse presente, que ele não seria capaz de recusar. Os dois se beijariam. O garçom intratável enfim abriria um sorriso.

James não está lá. O garçom tem a cara fechada.

O lugar está quase vazio. Um velho que vive no balcão. Um reservado cheio de garotas. A mesa do canto está desocupada. Eles costumavam se sentar ali, pois ficava perto do banheiro, logo acabava sendo a menos cobiçada, e era mais improvável que os expulsassem por passarem tardes inteiras pedindo apenas sopa.

Eles se sentam num dos reservados. O garçom rabugento entrega os cardápios com um suspiro lento e sofrido e deixa três águas na mesa com força exagerada, molhando os jogos americanos que estampavam o mapa de Manhattan.

O menu é bem típico dos restaurantes nova-iorquinos, ou seja, páginas e páginas de fotografias de comidas cujo aspecto é sempre melhor que o prato real. Harun costuma pedir sopa. Não dá para errar muito com sopa. Além do mais, uma tigela custa 5 dólares e, por incrível que pareça, o garçom mal-humorado é generoso com as torradas.

Nathaniel encara, profundamente concentrado, as fotos manchadas de omeletes, hambúrgueres e sanduíches gigantescos. Freya, que alegava estar tão faminta, nem olha para o cardápio. Está franzindo a testa para o celular.

– Pedidos? – indaga o garçom, batendo a caneta no bloquinho de papel como se tivesse que estar em dezenas de outros lugares, dezenas de outras mesas a servir.

– Vou querer o minestrone – diz Harun.

– Pequeno ou grande?

– Pequeno.

O garçom resmunga.

– Você? – pergunta a Nathaniel.

O garoto encara o menu com uma expressão desnorteada.

– Ahn, acho que o mesmo.

Ammi às vezes contava sobre a época em que se mudou para os Estados Unidos para se casar com Abu. Havia estudado inglês na escola, mas não o suficiente para sustentar conversas de verdade. Ela aprendeu imitando os nativos. Quando Harun percebe que foi o que Nathaniel acabou de fazer, arrepende-se amargamente de ter pedido a sopa.

– Vou querer uma salada Cobb sem bacon, sem ovo, com molho à parte – diz Freya, parecendo tão satisfeita com o pedido quanto Harun ficou com o dele.

– Duas sopas pequenas e uma Cobb seca – repete o garçom, já começando a sair.

Ele está no meio do caminho de volta à cozinha quando Freya o chama:

– Espere! Mudei de ideia.

Harun se prepara para a ira do garçom. Como era de esperar, o homem retorna com uma expressão assassina.

– Desculpe – diz Freya, sorrindo, como se tentasse a estratégia de "desarmar com gentileza". Também não adianta.

– Vou querer um queijo-quente com tomate no pão de centeio. – Ela lambe os beiços. – Queijo americano. Tem que ser o americano.

– Salada ou fritas? – pergunta o garçom.

Freya hesita por um segundo.

– Que se dane. Fritas. Bem crocantes.

– Bem crocantes?

– É, pode fritar duas vezes.

O garçom parece horrorizado.

– E um pouco de mel à parte – completa ela.

– Mel?

– Para as batatas.

O garçom parece ainda mais horrorizado.

Freya sorri.

Harun encara Nathaniel, o encovado Nathaniel, e sente a fome dele como se fosse sua, embora seu apetite tenha ido embora quando James o mandou sair da sua vida. Ciente dos riscos, chama o garçom de volta. Pela expressão do homem, Harun tem plena certeza de que um dos três vai ter a comida batizada com uma saudável cusparada.

– Vou querer o mesmo que ela.

– Vai querer o que ela pediu? – pergunta o garçom, incrédulo, como se soubesse que Harun nem gosta de queijo-quente.

– Isso mesmo. Com batatas bem crocantes.

– Vai querer mel também?

– Claro – responde Harun.

Olha para Nathaniel e pensa em Ammi imitando os nativos.

– Três iguais?

Nathaniel exibe um olhar – alívio, gratidão – e Harun fica pensando por que sente tanta vergonha.

• • •

Quando a comida chega, Nathaniel é dominado pela intensidade do apetite. Sua última refeição foram seis sacos de biscoitos roubados do carrinho do avião e devorados às pressas no minúsculo banheiro.

Ele está entregue aos sabores da comida. O queijo derretido em sua boca, as sementinhas de cominho que explodem sob os molares, a deliciosa doçura do mel com as batatas fritas, que Freya insistiu para que tanto ele quanto Harun provassem. Segurou a batata tão perto da boca de Nathaniel que apenas por um milagre ele não mordeu o dedo da garota junto.

Ao erguer o olhar e ver Freya e Harun o encarando com a mesma expressão esquisita, compreende que fez algo errado, que revelou o selvagem em si (*Não conte à sua mãe*). Ele fita o prato vazio. Devorou tudo: sanduíche, batatas, picles, até a alface murcha que foi colocada ali como enfeite. Enquanto isso, nem Freya nem Harun comeram sequer a metade de seus sanduíches.

Ele se sente humilhado. Passou tempo demais longe deste mundo. Deixou de ser civilizado.

Só nós, camarada.

Em silêncio, Harun pega metade de seu sanduíche e põe no prato de Nathaniel. Freya faz o mesmo.

Nathaniel protesta, mas os dois o interrompem.

– Não estou com fome – diz Harun.

– Nem eu – admite Freya.

Nathaniel encara o prato magicamente reabastecido.

– Se não estavam com fome, por que pediram tanta comida?

Dá-se uma pausa. Freya e Harun se entreolham. Os dois o encaram.

– Porque você estava – dizem.

• • •

Nathaniel pede licença e vai ao banheiro.

Ali, numa cabine do tamanho do lavatório do avião onde devorou a última refeição, ele belisca a pele acima do nariz para evitar que as lágrimas caiam.

Então pega o telefone e liga para o pai.

• • •

Ao sair, algo mudou.

Para começar, um grupo de garotas rodeia a mesa. Mas o que realmente mudou foi Freya. Nathaniel não sabe explicar, mas ela está diferente. Ele se aproxima, hesitante, e ouve as meninas soltando gritinhos, fazendo-o recordar as manifestações das garotas da escola ao vê-lo acertar uma bola alta bem na parte esquerda do campo, quando ele era pelo menos meio humano.

– Meu Deus, é *mesmo* você! – exclama uma das meninas. – Eu *falei*! Eu falei que era ela – diz às amigas.

– Eu sei. Mas, tipo, o que a *Freya está fazendo no nosso restaurante?*

– Você pode dar um autógrafo? – pergunta a terceira menina, brandindo uma caneta.

– Claro – responde Freya.

Surge um pedaço de papel.

– Pode assinar um para Violet. Um para McKenzie, *M* maiúsculo e *K* maiúsculo, e sem *a*. E um para Gia. Sou eu.

– O nome dela na verdade é Gina.

– Cala a boca! – Gia/Gina se vira para Freya. – Gia é meu nome artístico.

Freya assente.

– Freya é nome artístico? – pergunta Gia.

– Não – responde ela.

– Você é sortuda de ter um nome tão legal.

Freya abre um sorriso amarelo e devolve o papel à garota.

– Vou emoldurar isso – diz Gia.

– Guarde num lugar seguro – recomenda McKenzie. – Vai valer muita grana quando ela estourar.

Ao ouvir isso, Freya franze a testa.

– Não que eu vá vender seu autógrafo – corrige McKenzie, mais que depressa.

Depois dos autógrafos, as meninas pedem uma selfie. Freya precisa sair do reservado para se ajeitar com as três. Nathaniel aproveita a oportunidade para se sentar ao lado de Harun.

– O que está rolando? – pergunta ele.

– São fãs.

– Fãs de quem?

– Da Freya.

Nathaniel também é fã de Freya. Tornou-se um grande fã nas últimas horas, mas ainda não entende quem são essas meninas.

– Você nunca ouviu falar na Freya? – pergunta Harun.

Nathaniel balança a cabeça.

Harun mostra a Nathaniel um vídeo no celular. Ali, na telinha, mas de alguma forma maior que a vida, está Freya.

– É uma música antiga – diz Harun. – É a que James... – Ele para. – É minha favorita.

Nathaniel olha o telefone de Harun, depois encarara Freya, então retorna à moça na tela.

– É ela?

– Pois é – responde Harun. – Dentre tanta gente que podia cair em cima de você...

No entanto, não foi isso que ele quis dizer. Não consegue ligar a pessoa na tela com a que sussurrou o nome dele no parque, que sabia coisas sobre ele.

Segundo Harun, porém, Freya é uma cantora conhecida e amada. Ele escuta só a metade, pois está fixado à moça no celular. Como pode ser a mesma pessoa que está passando a tarde com ele? E por que essa música parece familiar? Onde será que ouviu?

Como se percebesse a incredulidade de Nathaniel, a Freya na tela para de tocar piano e se vira para a câmera. Tamborilando no banco do piano, cantando sem acompanhamento, ela mais uma vez se torna a Freya que Nathaniel reconhece. Numa voz cálida e rouca que parece a que sussurrou no seu ouvido, ela canta:

Se você não vê
Chegue mais perto.
Eu vejo bem
Por nós dois.

Tudo ao redor dele se aquieta e, por um segundo, Nathaniel retorna à floresta, vendado. Ao voltar ao restaurante, tem certeza de que a canção foi escrita para ele. Obviamente, não foi. Ele nunca vira

Freya antes, e por que ela, ou qualquer pessoa, comporia uma música para ele? No entanto, durante aquela fração de segundo, tem mais certeza disso do que qualquer coisa na vida.

Já de posse de seus autógrafos e fotos, as meninas começam a se despedir, mas, depois de uma breve conferência entre si, retornam.

– Então, você pode totalmente recusar – diz Gia –, mas a gente costuma vir aqui com nossa amiga Sasha. Tipo, todo dia. É nosso ponto de encontro. Normalmente Sasha estaria aqui com a gente hoje. Só que ela está doente, daí não foi à aula.

– E hoje é aniversário dela – acrescenta Violet.

– Que droga ficar doente bem no dia do aniversário – comenta Freya.

– Não é? Ela vai morrer quando souber o que perdeu.

Freya assente, com pena.

– Você podia, tipo, gravar uma mensagem para ela?

– Por favor! – implora McKenzie.

– Claro.

Gia mira o telefone para Freya.

– Oi, Sasha. Espero que você esteja melhor, e feliz aniversário.

As garotas trocam olhares.

– Você poderia cantar para ela? – pergunta Gia.

Nathaniel sente um embrulho no estômago, então ergue o olhar e vê que Freya, sempre amável e generosa, de súbito parece aflita.

– Creio que não – responde ela.

– Nada de mais. Só "Parabéns pra você".

Freya hesita e seu olhar passa do desconforto ao desespero, um caminho que Nathaniel conhece tão bem que percorreria vendado.

– E a gente não vai postar em lugar nenhum nem compartilhar – promete Violet.

– Ai, eu realmente acho melhor não – responde Freya.

Nathaniel torna a ouvir a canção. Já é familiar, algo que ele sempre conheceu.

• • •

– Nossa, que sem noção – comenta Harun depois que as garotas saem. – Você foi tão legal, e elas ficaram pedindo mais coisa.

Ele fala igual a James, que às vezes monitorava a reação das pessoas a Freya como se fosse seu guarda-costas – o que, na sua cabeça, ele era. Descobrira Freya cantando "I Will Survive" no dia em que fora expulso de casa, e parecia que ela dedicava a música a ele. Publicara um comentário, algo que nunca tinha feito antes nem desde então: *Não sei bem se VOU sobreviver.* E a própria Freya respondera: *Vai, sim. Você pode não acreditar, mas eu acredito.* Então, daquele momento em diante, James se rendeu.

– E te pedindo para cantar. Você acha mesmo que essa Sasha existe? – prossegue Harun. – Quer dizer, você não é um miquinho amestrado, é? – acrescenta ele, ainda que quarenta minutos antes tivesse imaginado James no restaurante, Freya cantando uma de suas músicas para ele, James o perdoando. – Isso deve ser tão cansativo... Você às vezes deve desejar que todo mundo te deixe em paz.

• • •

Não é isso que ela quer. Isso é o que ela teme.

Seus fãs vão esquecê-las. Os números vão despencar.

E depois? Quem sobraria?

Freya baixa a cabeça e começa a chorar.

• • •

Nathaniel seca a lágrima que rola pela bochecha de Freya.

Eu vejo bem
Por nós dois.

Então, naquele momento, Nathaniel ouve bem por eles dois.

– Você não consegue cantar – diz ele.

• • •

Freya foi orientada a não contar a ninguém sobre seus problemas. Hayden explicara que isso altera a narrativa arquitetada com tanto esforço. Freya é forte. Freya é indomável. Freya é destino. "Não conte a ninguém. Nem aos fãs, nem aos amigos", advertira Hayden.

Que amigos? Os fãs eram os seus amigos.

Ela olha Nathaniel e Harun, que a encaram com um misto de terror e ternura. Não como estranhos, mas como uma espécie de amigos.

– Eu não consigo cantar – confirma ela.

• • •

– Como assim, não consegue cantar?

Harun está transtornado. Se Freya não consegue cantar, tudo desmorona. Como vai reconquistar James?

– Eu não consigo cantar, ora – responde ela. – Quando eu tento, quando eu sequer penso em tentar, minha voz é estrangulada.

– Talvez você esteja cansada de ficar no estúdio gravando o álbum.

– Faz três semanas que eu não piso no estúdio.

– Mas as fotos...

Menos de uma semana atrás, ele e James tinham visto fotos dela acompanhadas por notícias fresquinhas, contando que tudo estava correndo às mil maravilhas.

– Foram tiradas antes. Publicadas para manter as aparências. Até que eu recuperasse a voz.

– Mas você vai recuperar? E terminar?

Ela balançou a cabeça.

– Talvez não.

Harun imagina James descobrindo sobre Freya e o álbum inacabado. Embora a tenha conhecido há poucas horas e claramente não tenha nada a ver com isso, de alguma forma sente que foi culpa sua.

Lágrimas brotam em seus olhos. Quando pequeno, ele chorava com tanta frequência que seus irmãos mais velhos implicavam e Ammi ralhava com ele. "Por que você chora tanto? Nem sua irmã chora desse jeito." Sem que ninguém lhe dissesse, sabia que as lágrimas carregavam seu segredo, assim como o sangue carrega o DNA. Ele aprendeu a não chorar. Mesmo com James, não chorava. Nem quando James chorava e ele pensava que ia morrer.

– Ei – diz Freya, enxugando as próprias lágrimas.

Põe a mão sobre a dele, e Nathaniel põe a mão sobre a de Freya, e Harun desfruta do peso das duas mãos como se fosse um edredom numa noite fria.

– Esse problema não é seu. Não precisa se preocupar.

No entanto, Freya está errada. Ela pode não ser a solução, mas esse problema *é* dele.

– James te ama. É seu maior fã.

Freya abre um sorriso triste. Nathaniel termina de mastigar o restante do segundo queijo-quente e pergunta:

– Quem é James?

– Ele é meu... – começa Harun.

Deveria dizer que James é seu ex-namorado porque, desde a semana passada (*Sai da minha vida, merda*), é isso que ele é. No entanto, Harun nunca se referiu a James como *namorado*. Nunca contou a ninguém a respeito desse garoto por quem passou os últimos dezoito meses apaixonado. Nem quando confessou ao primo disse a palavra *namorado*. Nunca mencionou o nome de James. E não parece justo chamá-lo de ex-namorado sem nunca tê-lo assumido.

– Meu namorado – diz Harun. – E ele é totalmente obcecado por você. Mas não de um jeito bizarro.

– Ah, é? – Freya parece contente.

– É.

Então, como se tivesse sido desarrolhado, Harun começa a derramar todas as coisas que nunca pôde contar a ninguém sobre James. Diz que James acredita no melhor de todo mundo, que odeia frio, que alega ser capaz de pegar cinco ingredientes de qualquer tipo e cozinhar algo delicioso com eles (uma façanha que Harun de fato nunca presenciou, embora tenha provado os cozidos e as massas que James preparava e lhe levava em potes). Conta que, quando James era pequeno, seu apartamento tinha uma cortina de chuveiro que era um mapa-múndi, e ele gastava toda a água quente decorando os países, até os que já não existiam (tipo a Iugoslávia), e que, embora nunca tenha saído da cidade, possui a mais poderosa vontade de viajar. Fala que, nos dias frios, ele e Harun fingem visitar os lugares mais distantes.

Conta a Freya sobre a devoção de James em relação a ela, tendo o cuidado de abrandar o fanatismo como o próprio James fizera. "Preciso contar uma coisa sobre mim", disse ele a Harun, que se preparou para um problemão (*Tenho um namorado, Sou extraterrestre*), mas ouviu James confessar que era estranhamente obcecado por uma cantora. Ele revelou que conhecera as Irmãs K cantando "I Will Survive" no exato dia em que foi expulso de casa pelo pai, e sentiu como se Freya houvesse lhe dedicado a música. E escreveu para ela. E ela respondeu.

• • •

Houve milhares de comentários. Mas Freya se lembra desse. Lembra-se de ter respondido a esse rapaz. Lembra-se de ler a mensagem e pensar na noite em que se deu conta de que o pai não voltaria, pensar que não sobreviveria. Ela tinha sobrevivido, e ele também iria.

Freya olha para Harun e depois para Nathaniel. Ao contrário da mãe ou de Hayden, não acredita em nada relacionado ao destino. No entanto, naquele momento, não é difícil acreditar que os três estavam destinados a se conhecer.

A ORDEM DA PERDA
PARTE VII

FREYA

Seis meses se passaram e Hayden não ligou de volta.

Mamãe tentava permanecer otimista. Agora que lia tudo a respeito do sujeito, sabia que ele estava no estúdio com Mélange e, depois, sairia em turnê com Lulia.

– Quando ele trabalha com um artista, fica totalmente imerso – declarou ela. – Quando for a vez de vocês irem para o estúdio, vão ficar satisfeitas com isso.

– Não vai rolar – retrucou Sabrina, com a costumeira certeza.

Assenti e fingi concordar. Porém, embora minha irmã costumasse estar certa, eu sentia que era algo ainda inacabado. Continuava ouvindo a pergunta dele: *Vocês têm ambição suficiente?* Ele fizera essa pergunta *me olhando*. Eu não havia respondido. No entanto, em certo ponto, quer fosse Hayden ou outra pessoa a indagar, eu sabia que precisaria responder.

Voltamos a fazer o que vínhamos fazendo: vídeos semanais com trechinhos de músicas novas, publicações diárias de fotos. Mamãe preparava roteiros com semanas de antecedência. Nossos números continuavam a subir. Se minha mãe estava com o otimismo abalado, não deixava transparecer.

– Ele vai ligar – garantia ela.

Quando o escritório enfim telefonou, querendo agendar uma segunda reunião para o dia seguinte, mamãe ficou triunfante, como se Hayden tivesse mesmo pensado em nos descartar mas ela o tivesse obrigado a mudar de ideia com a força do pensamento.

– Ele pediu muito mais coisa desta vez – comentou ela, lendo as anotações que havia feito. – Quer uma estatística das plataformas. Uma descrição de todas as ofertas de patrocínio e licenciamento. Ah, e quer ouvir material novo. Uma música inédita, ainda não publicada.

– A gente não tem nada pronto – retrucou Sabrina. – Não podemos simplesmente tirar da bunda uma música nova.

– E "O espaço que há"? – perguntou mamãe.

Era uma música em que estávamos trabalhando. Ela retornou às anotações.

– Vejamos. A assistente falou que ele quer ouvir alguma coisa única e... – mamãe remexeu as anotações para pegar as palavras exatas – exclusiva, só dele.

Só dele. Uma advertência.

– Acho que o jeito é ser "O espaço que há" – disse Sabrina, em tom de derrota. – Ele podia ter dado mais tempo pra gente.

– Na verdade, eu tenho outra – intervim.

– Não tem, não – retrucou Sabrina.

Essa era Sabrina, sem tirar nem pôr. O que ela não via não existia.

Mamãe me encarou. Como fiquei em silêncio, ela falou:

– Se está trabalhando em alguma coisa, vamos ouvir.

– Isso – concordou Sabrina, mordaz. – Vamos ouvir.

– Na verdade, você já ouviu – respondi.

– Oi?

– "Vestidinho branco", aquela que você chamou de "coisinha patética e sentimental".

Peguei meu telefone e abri o arquivo de áudio.

No rosto de Sabrina, geralmente impassível, brotou ao mesmo tempo uma miríade de sentimentos: raiva, aversão, mágoa.

– Você *gravou* isso? Sem mim?

– Não tudo... – respondi, hesitante. – Só uns vocais e a percussão do refrão e da transição. Achei que, se você ouvisse...

Ela abanou a mão para me cortar.

– Não tem nada que vá me fazer mudar de ideia em relação a essa música.

Eu estava acostumada com as opiniões fortes e o poder de veto de Sabrina, mas algo naquele ar presunçoso me irritou. Então, ela soltou:

– Olha só, eu sou a única que vai ser honesta com você. E a verdade é a seguinte: você é fraca como compositora. Suas músicas são sentimentais, infantis. Têm um ar amador.

– Eu tenho 17 anos! Além do mais, até onde eu sei, nós duas somos amadoras.

– A ideia não é subirmos os degraus? Bom, com essa música, não vamos conseguir.

– Por que você está sendo tão...

– Invejosa? – interrompeu a irmã, com uma risada. – Inveja de *você*?

Controladora era o que eu ia dizer. Mas invejosa também servia.

– Vamos parar com isso. – Mamãe se virou para Sabrina. – Podemos pelo menos ouvir?

Mesmo que a música fosse minha, a decisão era das duas. Sempre seria das duas.

Sabrina curvou os ombros, sem mais objeções. Tinha os olhos cravados em mim, como se me desafiasse a apertar o *play*.

Eu apertei.

Eu só disse que queria
Um vestidinho, um vestidinho branco
Eu só disse que precisava
De um vestidinho, um vestidinho branco... Ah,
Você lembra da nossa canção?
Eshururururu, eshururururu
Eshururururu, hushabye, hushabye, hushabye

Havia mais dois versos, mas não aguentei tocar enquanto Sabrina me fuzilava com os olhos. Desliguei.

– Já deu para sentir – falei para mamãe.

Ela parecia impressionada, como se não reconhecesse nem a canção, nem a cantora.

– Bom, é diferente, sem dúvida – comentou ela.

– Está sem os arranjos, mas eu tinha pensado numa coisa mais simples mesmo. Talvez só a percussão e um piano.

– A melodia etíope é única. Imagino que Hayden nunca tenha ouvido nada parecido.

Ela estava se animando com a canção, eu percebia. Sabrina também notou. E foi inflexível:

– Não vou cantar isso.

– Querida – disse mamãe –, sejamos profissionais.

– Profissionais? O que tem de profissional expor para Hayden Booth as questões de Freya com papai?

– Como assim?! – gritei.

– Já faz sete anos – retrucou ela, batendo no peito. – Supere.

– *Supere você!*

– Pois é, acho que vou superar mesmo. Já estou cansada de cuidar de você.

– É assim que você encara? Pois eu diria que você está é me diminuindo. Ou me sabotando.

Quando eu ficava nervosa, fervilhava. Quando Sabrina se irritava, congelava. Era uma das milhões de coisas que nos diferenciavam. Naquele momento, porém, o clima mudou. Sabrina ardeu numa fúria que incendiou a sala inteira antes de se extinguir. Então ela disse, com o rosto inexpressivo e uma voz gélida:

– Se você cantar essa música, vai cantar sozinha.

• • •

Concordamos em cantar "O espaço que há" e ensaiamos a noite toda sem nos dirigir uma à outra. Ainda não estávamos nos falando quando rumamos para o escritório de Hayden, no dia seguinte. No instante em que as portas do elevador se abriram, porém, minha raiva evaporou e fui tomada por uma estranha sensação de nostalgia. Queria tudo de volta: cantar como havíamos cantado aquela noite na cama, entrelaçar as mãos como no primeiro encontro com Hayden. Mas Sabrina permanecia de braços tensos, punhos cerrados, rosto rígido como uma estátua.

Mamãe foi conversar com a assistente. Sabrina e eu nos sentamos.

– Sabrina – sussurrei. – Sobre "Vestidinho branco"...

– Não!

Ela se virou para mim, o olhar duro, estreitado, e abriu a boca para continuar, mas na mesma hora a assistente de Hayden a chamou. Ela se levantou. Eu também.

– Ele quer ver uma de cada vez – avisou a assistente.

Fui invadida por uma sensação de pavor, como se visse a personagem de um filme de terror descendo sozinha as escadas do porão. A gente quer gritar, mas, mesmo que gritasse, ela nunca escutaria.

Sabrina entrou no escritório. Eu me sentei junto a minha mãe, balançando as pernas, indo e vindo, indo e vindo. Mamãe pôs a mão nos meus joelhos, mas não adiantou. Pela porta ouvi Sabrina cantar "O espaço que há", a música que deveríamos entoar juntas. Depois de terminar, ela ainda passou um bom tempo na sala, numa indecifrável conversa murmurada com Hayden. Mamãe começou a ficar tensa.

– O que será que estão falando? – indagou ela, os olhos cravados no telefone, como se Sabrina pudesse enviar mentalmente as novidades por mensagem de texto.

Eu disse a mim mesma que Hayden estava dando mais uma aula sobre fama. Tentei me convencer de que ele só perguntava sobre nossos vídeos ou nossa estratégia de marca, ou inquirindo onde ela se via dali a dez anos.

No entanto, não conseguia afastar a péssima sensação de que havíamos entrado naquele prédio como Irmãs K, mas sairíamos como algo diferente. Ouvi Sabrina cantar outra vez. Não era "O espaço que há", nem qualquer uma das outras músicas que havíamos escrito juntas. Ela estava cantando "Tschay Hailu". A música que meu pai cantava para mim. A primeira música que nós duas cantamos juntas.

E foi quando eu soube: ela tinha me traído.

4

VOCÊ TEM QUE FAZER AS COISAS DIREITO

Quando os três saem do restaurante, algo está diferente. Nenhum deles sabe dizer o que é. Mas Nathaniel tem certeza de que já ouviu a música de Freya antes, por mais que nunca tenha assistido a um vídeo do YouTube na vida. E Freya se lembra do namorado de Harun, por mais que receba centenas de milhares de comentários. E Harun está aqui hoje, com Freya, por mais que ela seja Freya.

• • •

Enquanto caminham a esmo, Nathaniel faz perguntas encabuladas sobre o que houve com a voz de Freya.

Ela já se questionou sobre tudo aquilo, mas é incapaz de explicar o problema. Conta a Nathaniel e Harun sobre o dia em que tudo virou um caos, como ela se esforçou para cantar, até demais, ultrapassando os próprios limites, de modo que, ao aparecer na manhã seguinte sem conseguir cantar, todo mundo achou que a causa era apenas o esforço em excesso. Ela ganhou a manhã de folga e uma massagem de cortesia da massagista de Hayden.

Naquela tarde, porém, a situação piorou, e no dia seguinte mais ainda. Freya sabia que não era tensão – se fosse, ela sentiria. Era uma falta. Era o que ela sempre fizera, o que sempre soubera fazer, abandonando-a, como a alma que sai do corpo após a morte. "Não fique pensando demais", aconselhou a mãe, como se Freya algum dia tivesse pensado antes de cantar. Ela entoara a primeira nota com apenas um minuto de vida. Cantar, para ela, era tão automático quanto respirar. E de repente ela não conseguia mais. Certos dias, mal conseguia respirar.

– Quando foi que isso tudo aconteceu? – indaga Harun.

Freya suspira. Há um milhão de anos. É o que parece, de tão cansada que ela está.

– Faz três semanas.

– Isso não é nada – comenta Harun. – Eles não podem esperar?

– Podem, só que não vão. Depois do médico hoje de manhã, Hayden me chamou ao escritório. Tenho certeza de que foi para me dispensar. Por isso *eu* não fui. Se eu não estiver lá, ele não pode me demitir.

– Mas só tem três semanas – insiste Harun.

Ele parece meio fixado nisso. Não sabe que o tempo de Hayden é medido em ouro, e três semanas é uma conta que nenhum deles tem condições de pagar.

– Perdi a vaga – explica Freya. – Daqui a duas semanas ele entra no estúdio com a Lulia.

– Você não pode gravar depois da Julia? – retruca Nathaniel.

– Lulia – corrige Harun.

– Lulia, que seja.

– Não é assim que funciona.

Freya está cansada desse assunto, cansada de tentar adivinhar como funciona a mente de Hayden Booth. O que lhe agrada. O que o irrita. O que conta como lealdade, o que conta como traição. Ela sabe, lá no fundo, que será dispensada. Sua mãe não acredita. Por que alguém passaria dois anos investindo em algo para depois largar de lado? É um péssimo negócio. Mas Freya sabe que, apesar de Hayden alardear que a arte é pessoal e os negócios, não, com ele tudo são negócios e tudo é pessoal.

– Ele virou tipo uma lenda, por seu talento em revelar artistas – explica a Harun e Nathaniel. – Tem uma fórmula que funciona. Sempre funcionou. Por isso é tão criterioso ao escolher as pessoas com quem trabalha. Elas precisam cumprir todas as exigências.

Como talento. E atração. E ambição. Talvez esse fosse o verdadeiro poder super-humano de Hayden: ser capaz de farejar quem tem ambição suficiente para fazer o que é preciso, para sacrificar coisas como privacidade, autonomia... família.

Ela, no entanto, não fala isso para Harun e Nathaniel. Conta sobre a terceira reunião com Hayden, a primeira depois da dispensa de Sabrina, quando já eram apenas Freya e a mãe. Ele já havia traçado o plano inteiro. Seriam necessários dois anos, afirmou o empresário. As Irmãs K eram conhecidas, mas Freya não. Precisariam converter os fãs das Irmãs K em fãs de Freya e arrebanhar muitos mais. Iriam criar um perfil para ela em todas as plataformas, planejar aparições que suscitassem muita cobertura, habituar Freya a se apresentar para grandes públicos, aumentar o fator de qualidade, fazer dela uma figura pública. Então poderiam soltar o primeiro single. Em seguida, recuariam um pouco para fomentar o mistério, aumentar a avidez. Só então iriam gravar em estúdio. Quando o álbum fosse lançado, previa Hayden, o sucesso de Freya – tal e qual o das antecessoras Lulia e Mélange – seria inevitável.

Sua mãe estava eufórica com tudo aquilo, mas a própria Freya parecia incomodada. Muitos dominós tinham que cair no lugar certo. E se as coisas não funcionassem dessa forma?

Perplexo com o ceticismo dela, Hayden deu início a uma de suas aulas. "Você acha que as pessoas apreciam arte, música, por *gosto pessoal*?", questionou ele, zombando da ideia de algo tão particular. "Tudo se resume a posicionamento de mercado, meu amor. Tudo é enquadrado de determinada forma. Tal coisa é excitante. Tal coisa é arrojada. Tal coisa é a próxima moda, e você vai querer conhecer primeiro. Se isso for feito direito, não é necessário fazer mais quase nada. Se o seu produto for bem posicionado, não precisa nem ser tão bom." Ele balançou a cabeça, sorrindo, mostrando como tudo era fácil. "As pessoas são mariposas, são atraídas pela luz. Nosso trabalho é fazer de você a luz mais brilhante."

– Talvez ele tenha se irritado por causa disso – comenta Freya com Nathaniel e Harun. – Não tanto pelo fato de a minha voz falhar, mas por eu ter atrapalhado o caminho dele rumo ao inevitável.

Por um breve instante, essa percepção quase a faz ter pena de Hayden. Fabricar estrelas é algo que ele sempre fez tão naturalmente quanto respirar, e Freya foi lá e estragou tudo.

– Aos olhos dele, foi traição – conclui ela.

– Se tem alguém traído nessa história, é você – retruca Harun.

Freya sabe muito bem que não é verdade, mas sente-se grata pelo comentário.

– Ele não devia te dispensar – prossegue Harun, num tom brusco e urgente. – Você precisa de mais tempo. Ele deveria te dar mais tempo. As pessoas têm que ser pacientes umas com as outras. Compreender que às vezes a situação sai dos trilhos, que certas coisas não podem ser apressadas. Que uma pessoa pressionada acaba cometendo erros.

Harun fala com veemência, como se fosse algo profundamente importante para ele. Como se o comportamento de Hayden o ofendesse. Freya fica comovida, só que isso não muda nada.

Hayden maneja o próprio poder feito uma marreta implacável. Pode fazer o que quer; quem deseja entrar no universo dele – e todo mundo deseja – deve aceitar. Nas raras ocasiões em que a mãe de Freya ousa criticar Hayden, ela sussurra, mesmo que as duas estejam sozinhas no apartamento.

– Você deveria ir lá argumentar com ele – encoraja Harun. – Pedir mais tempo. Precisa fazer isso.

Ela encara Nathaniel, que não havia comentado nada a respeito.

– O que você acha?

– O que acontece se ele te demitir? – indaga ele.

Seus fãs vão esquecê-las. Os números vão despencar.

– Eu perco tudo.

• • •

Nathaniel sabe o que significa perder tudo. Significa, na verdade, perder a si mesmo. É a pior coisa que pode acontecer. Ele faria de tudo para evitar que isso acontecesse com outra pessoa.

– O que eu posso fazer?

• • •

– O que *a gente* pode fazer? – corrige Harun.

Ele não sabe o que significa perder tudo, mas se imagina perigosamente perto de descobrir.

• • •

O entusiasmo dos dois – sua fúria por justiça – é contagiante. Faz Freya desejar algo de que nunca foi capaz: falar por si mesma.

Isso, porém, implicaria enfrentar Hayden sozinha. Coisas ruins acontecem quando ela está sozinha com ele.

Só que talvez ela não precise estar sozinha.

– Vocês viriam comigo? – pergunta, bem baixinho. – Confrontá-lo?

Freya acabou de conhecê-los. Eles não sabem o que ela pretende. Ela não sabe o que pretende. Está voando às cegas. Os dois devem perceber isso.

Contudo, eles não hesitam:

– Vamos.

• • •

Quando os três chegam ao escritório de Hayden no SoHo, Freya confessa:

– Estou com ânsia de vômito.

– Fique à vontade para vomitar no meu sapato – oferece-se Nathaniel.

É engraçado, mas ela não ri, pois de fato se sente nauseada e é melhor não provocar o destino.

Eles sobem de elevador até a sala de Hayden. Quando Freya percebe que está prestes a enfrentar aquele homem sem a menor ideia do que dizer, seus joelhos começam a ceder. Durante o treinamento com o empresário, ela aprendera a traçar três linhas de assunto antes de qualquer entrevista e usá-las em todas as respostas, não importavam as perguntas. Era ao desviar desses temas que as pessoas se davam mal, diziam coisas que não podiam desdizer.

No entanto, lá está ela, no elevador, sem nem sequer ter refletido sobre o que argumentar. Tratava-se de uma atitude amadora: não se enfrenta Hayden Booth sem uma estratégia, lição que Freya já deveria ter aprendido.

Ela vai desmaiar.

A porta do elevador se abre. Freya tem uma súbita lembrança de sua primeira visita ali, com Sabrina, de como as duas entrelaçaram as mãos tão logo aquela porta se abriu. Ainda sente a mão da irmã – tem certeza de que, se olhar para baixo, ainda verá as meias-luas de suas unhas.

Ela olha. E não vê.

Foi uma ideia idiota. Nada que possa fazer ou dizer pode mudar qualquer detalhe. Então Nathaniel põe a mão nas costas dela, Harun faz um gesto de "você primeiro", mantendo a porta do elevador aberta, e Freya é conduzida à recepção de Hayden. Antes que consiga mudar de ideia, a porta se fecha atrás dela.

A recepção é rodeada de enormes fotos emolduradas do empresário, escancarando seu sorriso torto para a câmera, acompanhado de...

bom, de todas as figuras importantes no mundo da música pop. Ao ver as fotos, Harun arqueja, e é exatamente esse o propósito.

Uma das assistentes descartáveis de Hayden – de uma beleza intimidadora, um headphone acoplado na cabeça feito um ciborgue – ergue os olhos da mesa.

– Freya – comentava ela, num tom frio. – Estávamos te esperando mais cedo.

– Eu não estava disponível mais cedo – responde Freya.

Ela tenta recriar a Freya da narrativa, dura como uma pedra, impiedosa como o homem que a descobriu (é só perguntar para Sabrina). A Freya que não se deixa intimidar por uma assistente.

– Hayden está? – pergunta ela.

– Não está disponível.

– Ele está aqui?

– Não.

– E volta hoje?

Já passa das cinco, mas o empresário costumava ficar até tarde no escritório.

– Volta, mas ainda demora.

Qual é a novidade?

– Nós vamos esperar – anuncia Harun.

Freya quer lhe dizer que os três podem acabar passando horas ali. Hayden gosta tanto de fazer os outros esperarem quanto odeia esperar.

Harun, no entanto, já se acomodou no sofá de couro. Nathaniel sentou-se ao seu lado. Os dois deixaram um espacinho no meio para ela. Freya se senta e encara a porta da sala de Hayden: cinza-chumbo, com uma maçaneta polida e reluzente. Talvez ele esteja ali. Pode estar punindo Freya, ou sacaneando-a, ou apenas sendo Hayden. Da primeira vez as fez esperar duas horas. As assistentes não deram qualquer explicação, nem pediram desculpas, nem sequer ofereceram água.

– Aceita uma água? – indaga a assistente.

Por um momento, Freya se sente melhor ao ver que, pelo menos, ainda lhe oferecem água (por enquanto).

Só que a imbecil da assistente não ofereceu a ela. Ofereceu a Nathaniel.

– Aceito – responde Nathaniel.

– Com muito gás?

A assistente está flertando com Nathaniel, como se ele fosse quase famoso, e Freya compreende que é porque ele tem beleza suficiente para tal. Esse tipo de beleza – em Nova York, pelo menos – é meio caminho andado.

– Oi? – indaga Nathaniel.

– Água com ou sem gás?

– Ah, com gás, eu acho.

– Um segundinho – diz a assistente, sem perguntar se Freya ou Harun querem água.

O ciúme começa a brotar dentro dela com surpreendente força e rapidez. Freya não está com ciúme porque Nathaniel vai ganhar água, mas porque aquela vaca está dando em cima dele. E ele pertence a ela. *Ela* é o contato de emergência dele. É neste momento que Freya percebe que não apenas se sente responsável por Nathaniel. Ela gosta dele. O embrulho em seu estômago não pode ser totalmente atribuído à perspectiva de enfrentar Hayden.

Faz muito tempo que ela não gosta de um rapaz nem se permite gostar. Desde Tai. Os dois tinham saído juntos um tempo atrás, dois aspirantes a astros cujo poder combinado poderia gerar calor. Eles deram uma de casal, causaram um leve burburinho e estamparam alguns tabloides, o que estava nos planos, e ela acabou gostando dele de verdade, o que não estava nos planos.

Eles haviam passado a noite numa suíte de hotel cuja diária custava 2 mil dólares, conquistada em troca de uma publicação do "casal da moda" sobre o novo bar do terraço. Na manhã seguinte, Freya acordou e viu Tai falando com o namorado pelo FaceTime. O namorado acenou para ela. "Não se preocupe", disse Tai. "Somos fluidos e abertos." Ao ver o aborrecimento de Freya, ficou confuso. "Mas a gente se divertiu, não foi? E a suíte é uma fofura. Vamos tirar uma selfie na sacada antes de ir embora?" Ela concordou. A foto ainda era compartilhada; os fãs ainda *shippavam* Freya e Tai.

A assistente retorna com uma garrafa de Pellegrino e um copo de vidro.

Um copo de vidro. Sério? Freya pigarreia.

– Ah, desculpe, vocês também queriam água? – pergunta ela.

Freya preferia pegar a garrafa boleada e enfiar no...

– Sim – responde Harun. – Sem gás.

– Eu também – diz Freya.

– Ok. Já volto. – Ela lança um sorriso para Nathaniel. – Se precisar de mais alguma coisa, é só chamar.

Nathaniel parece aturdido com a atenção, e Freya percebe que ele nem sequer sabe que está sendo paquerado. A cidade é cheia de gente que superestima o próprio talento, aparência e carisma. Alguém como Nathaniel é um unicórnio roxo.

– Tudo bem – responde ele à assistente.

Freya encara a porta fechada do escritório, como naquele dia. As traições raramente ocorrem às claras. Ela já esteve ali tantas vezes que é capaz de visualizar todo o cenário: a mesa de mármore pesado, cara e fria. Os discos emoldurados na parede. As fotos de Hayden junto a uma verdadeira elite da música pop: seus protegidos Lulia e Rufus Q, outros artistas e produtores famosos, ele com Kanye e Kim, ele com Jay e Bey, Bono, Bowie e alguns que considerava amigos, ou melhor, que ele podia exibir como amigos. A gravura em grafite emoldurada. O computador tomado de post-its, pois – o que Freya sempre considerou meio hilário –, apesar de ser um gênio da manipulação de mídias sociais, Hayden tem fobia a tecnologia e não sabe usar o computador.

Naquele computador, há uma pasta com o nome dela. Na primeira vez em que a viu, Freya foi tomada por uma onda de euforia, como a que sentiu quando o vídeo das duas viralizou ou quando o primeiro vídeo do YouTube ultrapassou um milhão de visualizações. Um instante de alívio. Estava quase alcançando a linha de chegada, depois da qual tudo ficaria bem. Ela não sabia o que havia na pasta, só sabia que contava como prova.

Agora ela sabe o que há na pasta: tudo, basicamente. Hayden tem assistentes para ir atrás de cada pequenina notícia, cada estouro em mídias sociais, cada postagem em que está marcada. Além de todas as estatísticas, contratos, e-mails dela (ou da mãe) e vestígios de sua voz em todas as gravações. Quanto à linha de chegada, ou ela não está perto, ou a linha insiste em se afastar.

Freya dá um salto de repente. Ela sabe exatamente o que fazer; há muito tempo que isso não acontece.

– Nathaniel – sussurra –, preciso que você dê mole para a assistente.

– O quê?

– Dê mole para ela.

– Eu? Como?

– Dê piscadelas. Seja você mesmo. Ela já gostou de você. Diga que precisamos sair e fique paquerando a mulher para ela se esquecer de fazer perguntas. – Freya se vira para Harun. – Seu namorado é mesmo meu maior fã?

Ela vê Harun hesitar, com uma ruga de culpa surgindo no rosto, mas com a mesma rapidez ele se endireita.

– É – responde, a princípio hesitante, então com mais vigor: – Ele é.

Freya encarna por completo o "modo diva", mas agora não é fingimento. Ela está determinada.

– Então ele vai aprovar sua atitude. Vem comigo.

• • •

A assistente retorna com mais duas águas. Olha em volta.

– Aonde eles foram?

Nathaniel congela. Freya o instruiu a dar mole. Ele não sabe dar mole. Um dia soube. Deve ter sabido. Ele se lembra das meninas, das namoradas, só que isso faz tanto tempo, foi antes de ele se tornar selvagem. Mas ele vai dar mole porque Freya mandou e, se ela o mandasse plantar bananeira e imitar um pato, ele também obedeceria.

– Foram embora – responde à assistente, e completa com uma piscadela. – Mas ainda estou aqui.

Ela abre um sorriso. Umedece os lábios.

– Está mesmo.

Talvez ele ainda soubesse dar mole.

• • •

Freya vai apagar a si mesma do computador de Hayden. É um gesto simbólico, ela sabe. Mesmo assim, é necessário. O empresário vai entender. Ela não pode perder uma corrida se desistir de correr. Ele não pode demiti-la se ela pedir demissão.

Corre até o computador. Clica no mouse. O monitor acende. A tela não é travada, pois certa vez, ao esquecer a senha, Hayden acabou levando vinte minutos para localizar uma assistente, e desperdiçar vinte minutos de seu tempo é um pecado.

A agenda de Hayden está bem no alto da tela. Logo no início do mês, há um bloco de semanas tomado pelo nome de Freya, com quase todos os outros compromissos deixados de lado – sua mãe tinha razão sobre a devoção dele aos artistas, contanto que se comportassem –, mas as duas últimas haviam sido atualizadas, e os buracos provocados por Freya, facilmente preenchidos. Em duas semanas, depois da que ele passaria na ilha particular, é o nome de Lulia que toma a agenda. Freya tem certeza de que ela vai usar as seis semanas inteiras. Não vai deixar buracos.

Primeiro, Freya apaga a si mesma da agenda. Apaga as sessões de gravação. Apaga a consulta de hoje. Apaga tudo.

– O que está fazendo? – pergunta Harun.

– Nada. Só me avise se a assistente estiver vindo e faça silêncio!

Freya fecha a agenda. Lulia, claro, estampa o papel de parede de Hayden. É quase como se ele soubesse da vinda de Freya e tivesse arrumado o escritório para confundir a cabeça dela. Na área de trabalho, há diversas pastas marcadas com o nome dos artistas com quem ele trabalha: Lulia, Mélange, Rufus Q e Freya.

Ela abre a própria pasta. Lá dentro está tudo. Tudo o que ela deu a Hayden. Tudo o que ele roubou.

• • •

– Seu rosto não me é estranho. Você é modelo? – pergunta a assistente a Nathaniel. – Ator?

– Ahn, não...

– Podia ser.

– Ah, obrigado...

Então, como precisa paquerar, abre o que pensa ser o sorriso mais sedutor de um ator ou modelo.

– Posso fazer umas fotos suas se quiser. É isso que faço, sou fotógrafa. Isso aqui – diz ela, apontando para o balcão – é temporário.

– A maioria das coisas é – responde Nathaniel.

Ela dá uma risada. Nathaniel também ri, embora não tenha sido piada.

– Adorei os seus olhos – continua ela. – Como ficaram assim?

Nathaniel nunca contou a história a ninguém, mas por um instante imagina como seria explicar o que realmente aconteceu – não só como perdeu o olho, mas por quê. Como tem sido viver naquela casa à beira da floresta com o pai. A sociedade de dois. Ele olha na direção da sala de Hayden, onde estão Harun e Freya. Imagina-se contando a eles.

Então volta a fitar a assistente.

– Heterocromia. É genético.

• • •

– O que você está fazendo? – pergunta Harun, espiando o monitor por sobre o ombro de Freya.

– Estou me apagando antes que ele faça isso.

– Como é que é?

– Estou apagando todos os meus arquivos. Só vou deixar um.

– Qual?

Ele encara a tela enquanto Freya percorre centenas de arquivos: PDFs, JPEGs, vídeos.

– Uma máster.

– O que é máster?

– São as gravações originais das músicas antes da mixagem.

– Por que você quer essas gravações?

– As gravações, não. Uma só.

– Por quê?

– Porque pertence a mim.

Ela continua vasculhando, até que encontra. *Vestidinho branco.ptx.* Bingo.

– Você sabe qual é a melhor forma de transferir um arquivo e depois apagá-lo completamente? – pergunta a Harun.

– Sei, mas isso não é roubar?

– Teoricamente é mais hackear.

– Se o arquivo é seu, por que você não pede de volta?

– Não é assim que funciona. Hayden é o dono das másteres. Ele detém os direitos autorais. Detém tudo.

Foi esse o acordo assinado. Ela se lembra de todos sentados naquela enorme sala de reuniões: Freya, a mãe, Hayden, a equipe de advogados. Advogados da gravadora. Advogados de Hayden. "A gente também não deveria ter um advogado?", perguntou Freya à mãe. "Nós somos seus advogados", responderam os advogados de Hayden. "Nós, artistas, temos que nos unir", completou o empresário.

Freya olha a gravura na parede. *Arte é pessoal. Negócios, não.* Não foi por falta de aviso.

Com o restante das músicas, ele pode ficar, pode usar como quiser, vender, adaptar para a próxima menina de ouro. Mas não essa. Essa música é dela.

Freya abre o e-mail dela e tenta anexar o arquivo. Harun a observa, em silêncio.

• • •

Harun é um covarde. Quantas vezes ele precisa dizer? É o tipo de covarde que destrói corações. O tipo de covarde que prega um gigantesco trote na família. O tipo de covarde que não sai invadindo a sala de homens poderosos como Hayden Booth.

Ele quer ajudar Freya de qualquer forma possível, mas até isso é por um motivo covarde. Para reconquistar James. Por isso aceitou tudo aquilo.

Mas roubar? Harun é um bom rapaz. Quando Saif se rebelou e deixou de ir à mesquita, Harun ainda ia. Quando Saif levou Ammi às lágrimas por se casar com uma moça branca, Harun se esforçava ao máximo para não fazer o mesmo. Porque é um bom filho. Mas aqui está ele, provavelmente sendo cúmplice de um crime. E se ele for preso? O que as pessoas vão pensar? O que os pais dele vão dizer? Será que ainda vão amá-lo?

• • •

O arquivo é muito grande. Ela não vai conseguir enviar por e-mail. Freya sabe que é necessário comprimir o arquivo ou coisa do tipo, só que não lembra como fazer.

Harun apenas a encara, imóvel.

– Você vai me ajudar ou não? – indaga ela.

• • •

Harun imagina Abu chegando à delegacia para buscá-lo, fichado e preso como criminoso. A vergonha nos olhos de seu pai.

Por outro lado, se ele fosse preso, não poderia partir amanhã. Teria uma desculpa para não entrar naquele avião.

Como mencionado, um covarde.

• • •

A frustração de Freya está aumentando. Tenta anexar o arquivo outra vez. Não funciona. Ela soca o computador.

– Merda.

• • •

Harun observa Freya, sabendo que não vai funcionar. O arquivo é muito pesado e, mesmo assim, a pasta de enviados vai guardar uma cópia e, ainda que ela pense em apagar a pegada digital, vai permanecer no servidor.

Suas entranhas se contorcem de frustração e impaciência. Ao ver a expressão de Freya, compreende que se sente como ela. Sente-se assim em nome dela, como se por um instante tivesse se despido dos próprios problemas e vestido os de outra pessoa, o que francamente é um alívio – sobretudo sendo um problema que ele é capaz de resolver.

Freya tenta mais uma vez anexar o imenso arquivo. Desta vez, Harun se coloca entre ela e o computador.

– Você tem que fazer as coisas direito.

Ele pega seu chaveiro, que também contém o chip de identificação da faculdade e o pequeno pen drive comprado estritamente para guardar as fotos, os textos e os e-mails de James num lugar seguro.

Porém, ele nunca guardou. Tinha pavor de ser descoberto, logo o pen drive permanece vazio.

Harun o insere na entrada USB. Uma risada – de Nathaniel, entremeada à da assistente – flutua pela recepção e atravessa a porta fechada.

– Parece que ele está dando mole direitinho.

Freya fecha a cara e Harun se sente mal. Depois de sair de si mesmo por cinco segundos, percebe que durante o dia inteiro vem rolando um clima entre os dois.

– Não se preocupe. Ele também gosta de você.

– Você acha? – indaga Freya.

O desejo em seus olhos é tão familiar que Harun não sabe ao certo se o que sente pulsar em suas veias é o desejo dela ou o dele próprio.

O telefone toca, tanto na extensão da sala de Hayden quanto no balcão da assistente. Freya olha o visor.

– É o celular dele.

– Se a assistente não sabe que estamos aqui, ele também não vai saber – responde Harun, tomado por uma súbita e tranquila confiança.

– Eu não contaria com isso. Hayden vê tudo.

– Ninguém vê tudo. – Ele pausa por um minuto. – Talvez só Deus.

– Hayden é Deus. – A luzinha do telefone pisca. – Depressa.

• • •

Enquanto a assistente está ao telefone, Nathaniel a ouve mencionar Freya.

– Veio e já foi.

Ela encara Nathaniel com certa desconfiança. Ele exibe seu sorriso mais radiante até então.

– Não, ela não disse o que queria. – Uma pausa. – Saiu sem esperar. Eu não tenho controle sobre ela. – Um lamento defensivo em sua voz. – Está bem, está bem. Vou chamá-la de volta.

A assistente desliga e olha para Nathaniel, agora de cara fechada.

– Aonde Freya foi?

Ele pode não dar mole muito bem, mas de mentira ele entende.

– Não sei direito. – Ele pega o celular. – Vou ligar para ela.

Pede licença, vai até a entrada e liga para o único número gravado em seu telefone.

"Me conte algo de bom", diz o pai.

– Oi, sou eu.

Ele conversa com o vazio, como fez tantas vezes nas últimas semanas. Só que não parece falar com o fantasma do pai. Em sua mente, está falando com Freya e Harun.

• • •

– Quanto tempo falta? – pergunta Freya.

– Não muito. Está transferindo.

Freya observa o progresso, aflita com o suspense: 10%, 18%.

26%

Seu coração começa a acelerar.

43%

– Anda – diz ela ao insensato computador.

A luz da linha do escritório escurece, então torna a acender.

68%

– Anda.

– É um computador. Não vai te entender.

O computador simplesmente para em 73%.

– O que houve? – indaga Freya. – Congelou?

– Não congelou. Só está processando.

– Faça processar mais rápido – resmunga ela, dando um tapa no computador.

– Você tem que fazer as coisas direito – repete Harun.

O monitor marca 80%.

– Estou cansada de fazer tudo direito.

93%... 100%

Freya estende a mão para arrancar o pen drive.

Ele a detém, ejeta o pen drive, recoloca a tampa e prende de volta no chaveiro. Freya arrasta os arquivos para a lixeira.

– Assim não – diz Harun.

Ele abre o arquivo. Em vez de arrastar para a lixeira, apaga o conteúdo e deixa o nome intacto. Faz uma busca por outros arquivos com o mesmo nome e repete o procedimento com uma versão salva na nuvem. Freya vê o nome do arquivo surgir na área de trabalho.

– Achei que você tinha apagado.

– Apaguei. Este aqui é um arquivo fantasma. Apaguei o conteúdo e deixei só a pasta aí. – Harun sorri. – Para evitar suspeitas.

Freya está com pressa, mas tira uns segundos para apreciar o trabalho de Harun.

– Você é meio delinquente, não é?

Harun se permite o mais sutil dos sorrisos.

– Você não faz ideia.

• • •

Nathaniel ainda conversa com Freya ao telefone quando ela e Harun irrompem do escritório rindo, vitoriosos.

– O que é isso? – indaga a assistente.

– Ah, você chegou – diz Nathaniel, desligando o telefone.

– O que vocês estavam fazendo aí dentro? – pergunta a assistente.

Freya não responde, apenas pega Nathaniel pela mão.

– Temos que ir.

– Você sabia que eles estavam lá dentro? – pergunta a assistente a Nathaniel, então se vira para Freya. – Hayden não vai gostar nada disso.

– Ah, poxa... – responde Freya, tomando Harun pela mão e conduzindo os dois até o elevador.

– O que eu digo ao Hayden?

Harun pressiona o botão do elevador. Assim que a porta se abre, Freya se vira para a assistente.

– Diga a ele que arte é pessoal. Negócios, não.

A porta do elevador se fecha. Os três descem de mãos dadas, cada um sentindo o que poucas horas antes parecia inconcebível: felicidade.

5

FELICIDADE

Eles correm por vários quarteirões, afastando-se do escritório de Hayden, não por acharem que estão sendo perseguidos, mas porque até com uma possível concussão e um pé cortado é absurdamente bom disparar pela rua de mãos dadas, uma corrente de três, rindo e enxotando pedestres irritados do caminho feito pombos.

Estão cortando caminho por um parque – se é que é possível chamar de parque um punhado de bancos e um campinho de beisebol – quando Nathaniel de repente para, remexendo o nariz como se farejasse uma partida informal de softbol. Percebe que os times estão se aquecendo. O arremessador joga uma bola baixa, que o rebatedor manda para a área de *foul ball*. A bola avança na direção deles. Por instinto, Nathaniel ergue os braços, o olho da mente prevendo a captura da bola. Sente o baque do couro na mão como um beijo estalado.

Ao olhar para baixo, percebe que pegou uma bola ainda viva no jogo.

– Foi mal! – grita ele, encarando a bola na mão, estupefato, incapaz de acreditar que a agarrou.

O arremessador está esperando, e Nathaniel, mais uma vez tomado pela memória sensorial, arremessa a bola com tanta perfeição que o cara só precisa erguer a mão enluvada.

– Obrigado! – exclama o arremessador, correndo até os três. – Você joga?

– Costumava jogar.

– Legal, legal. Está vendo aqueles caras ali?

Ele aponta com o queixo para um grupo de jogadores parados na beirada do campo. São mais velhos, vestidos em impecáveis uniformes de jérsei listrado, ao contrário dos times em campo, rapazes de 20 e poucos anos em vestimentas comuns.

– São da Liga dos Advogados. Estão pressionando a gente porque estamos com alguns a menos e não é permitido ocupar o campo sem o time completo. Nós *temos* o time completo, só que alguns caras estão atrasados. – Ele estende a mão direita e bate no peito com a mão enluvada. – Aliás, eu sou Finny.

Nathaniel o cumprimenta e apresenta a si mesmo, Freya e Harun.

– Quantos estão faltando?

– Três do nosso time, todos presos no mesmo metrô parado. Porcaria de transporte público. – Finny balança a cabeça. – Estamos jogando só com uns a menos no *outfield*, mas os caras estão no nosso cangote. – Ele encara Nathaniel, Harun e Freya. – Vocês são três. Querem entrar até meus jogadores chegarem?

Nathaniel não joga nem sentiu vontade de jogar desde aquele dia, quase quatro anos atrás, quando seu treinador o convidou para um bate-bola. Hoje, no entanto, ele quer jogar.

– Sim! – responde enfaticamente.

– Não! – dizem Freya e Harun com a mesma intensidade.

Nathaniel não quer ser autoritário. Mas, caramba, ele quer entrar no jogo. Sua mão ainda está comichando com aquela bola.

– Além do mais, não é bom você ficar jogando – acrescenta Harun. – O médico mandou não exagerar nas atividades físicas.

– Eu estou ótimo – retruca Nathaniel. – Como não me sinto há séculos. E vocês disseram que o médico era incompetente.

– Então você joga – diz Harun.

– Se vocês não jogarem, eu não jogo.

– Eu não jogo softbol, só críquete.

– Em que posição? – pergunta Nathaniel.

– *Wicket-keeper.*

– Não é muito diferente de receptor, é? – Nathaniel se vira para Finny. – Você precisa de receptor?

– Aceitamos o que tiver. A gente joga valendo cerveja, então as apostas são bem baixas. Além disso, quem perde também ganha cerveja.

– Como é que você entende de críquete? – indaga Harun a Nathaniel. – Os americanos não sabem nada de críquete.

– Eu vi um documentário sobre um time do Afeganistão.

– Você viu *Renascendo das cinzas*? Eu amo esse filme.

Nathaniel faz que sim.

– E também vi aquele sobre o time do oeste da Índia. Teve uma época que meu pai entrou numa onda de críquete. Chamava de "esporte dos cavalheiros".

• • •

O pai de Harun dizia o mesmo. Costumava afirmar que o críquete ensinava as regras da civilidade: "Sem isso, a sociedade desmorona."

Harun certa vez tentou ensinar as regras a James, num dia particularmente horrível de fevereiro, mas ele não deu a mínima. Nem quando Harun mostrou fotos de Shahid Afridi, nem mesmo quando mostrou fotos de Imran Khan na juventude.

Harun não quer jogar softbol. Mas Nathaniel conhece críquete. Ele imagina o pai do menino conversando com Abu sobre críquete durante o chá.

– O problema é que eu só sei jogar o que aprendi no primário – admite Harun.

– Não tem problema. A gente põe você como receptor – diz Finny. – É só agarrar a bola e jogar para mim.

Harun vislumbra a chance de ser humilhado, ser motivo de chacota ou estragar tudo. Só que Nathaniel passou o dia inteiro sem pedir absolutamente nada. E foi tão bom fazer algo por Freya agora há pouco... Covardia e egoísmo são cansativos.

– Olha, vocês não precisam fazer nada, a gente não liga – acrescenta Finny. – Só precisamos de gente em campo até os nossos caras chegarem.

Harun se vira para Freya. É tudo ou nada. Ele não sabe ao certo como os três chegaram àquele ponto. Mas chegaram.

• • •

– Ah, não – diz Freya. – Não olhem para mim. Eu não jogo nada. Sou da música.

Era da música.

– Se você não for, eu não vou – replica Nathaniel.

– A gente põe você no campo central – fala Finny para Nathaniel. – Você no campo – acrescenta ele a Freya. – Ele te dá cobertura.

– Eu não tenho... como é que se chama isso? Luva?

– A gente tem os acessórios.

– E eu sou canhota – retruca Freya, numa última jogada desesperada. – Não preciso de uma luva diferente?

– A gente tem luva de canhoto.

Nathaniel, Harun e Finny encaram Freya com olhar de cachorro carente.

– Não é justo me pressionar desse jeito – diz ela. Mas está sorrindo.

– Acabei de cometer um crime por você – retruca Harun.

– E eu dei mole para aquela assistente horrorosa por você – acrescenta Nathaniel.

– E, olha, acabei de te conhecer, mas você estaria me quebrando um galhão – completa Finny.

– Então a assistente era horrível, é? – pergunta Freya a Nathaniel, profundamente constrangida com a satisfação que sentiu diante da crítica.

– Não era culpa dela. Ela só não era você.

Agora já era. Freya se rende. Saltaria de paraquedas se Nathaniel pedisse, e ela morre de medo de altura. Instantes depois, está irreconhecível, vestindo a luva surrada de canhoto de alguém e o boné de beisebol de outro alguém. *Como vim parar aqui?*, pensa, parada no campo direito. Só que não está pensando no jogo, especificamente, mas no fato de estar com Harun e Nathaniel. E também jogando. Ela nunca jogou softbol na vida.

Como vim parar aqui?, pergunta a si mesma outra vez. A resposta, porém, não importa. O que importa é que ela está ali.

• • •

Enquanto Harun se agacha atrás do *home plate*, seu celular vibra com uma mensagem de texto. O jantar em sua homenagem ainda vai demorar a começar, mas Ammi sempre fica nervosa quando não o vê chegar pelo menos meia hora antes.

Ele já imagina a família sentada à mesa de jantar, estendida para dar espaço a todos e aos pratos que a mãe preparou. Ammi anda de um lado a outro e só vai parar quieta ao ver os parentes sentados comendo. Quanto mais tempo ele demorar para chegar, mais rápido ela vai andar. Vai conferir o relógio acima da cornija da lareira, vai torcer as mãos. "*Fikar ne kero*", vai dizer Abu. "Não se preocupe." Os trens atrasam, o trânsito engarrafa, os jovens perdem a noção do tempo. A situação vai seguir assim até que tempo demais se passe para que tais justificativas sejam plausíveis, e até Abu vai franzir a testa, preocupado.

– O time agora está completo – diz Finny aos advogados de cara feia e roupas listradas –, então podem dar o fora. Até as sete, o campo é nosso.

O telefone de Harun vibra novamente. Finny corre de volta para o montinho do arremessador.

– Está pronto? – indaga a Harun.

– Não.

Finny abre um sorriso torto.

– Próximo rebatedor.

• • •

– Não faço ideia do que estou fazendo – comenta Freya com Nathaniel, na segurança do cantinho do *outfield*.

– Eu te dou cobertura – responde ele.

Freya sabe que ele está falando do jogo, mas sente o corpo todo ficar quente.

– Estou contando com isso.

• • •

Nathaniel está se divertindo demais. Não recorda a última vez que se divertiu tanto. O cheiro da grama, o solo, o ruído peculiar da bola quando entra em contato com o taco. Algo nele volta à vida.

Não importa que estejam perdendo de lavada; o time adversário manda ver, ocupando as bases e marcando algumas corridas antes de ser eliminado uma única vez. Ao ver uma mulher troncuda pisar no *plate*, Nathaniel antecipa a rebatida com inexplicável clareza, assim como mais cedo, ao ouvir a música de Freya, soube que a canção de alguma forma havia sido composta para ele. Sabe que a rebatida vai ser uma bola alta para o campo direito, onde está Freya. Antes mesmo de o taco encostar na bola, dispara rumo a Freya. Ao ver a bola avançar, ela se agacha um pouco e estende a mão esquerda, hesitante, sem luva, para tentar agarrar. Nathaniel sabe que ela vai se machucar feio se agarrar a bola, ou levar uma pancada horrível na cara se não agarrar. Ele desponta atrás dela.

– Deixa comigo – diz ele.

Passa um braço pelos ombros dela, agarra facilmente a bola e lança para o terceira-base queimar o corredor.

– Muito bom! – grita Finny.

– É, muito bom – concorda Freya.

– Disponha – responde Nathaniel.

Há quanto tempo ele não manuseia um taco? Ou não agarra uma bola? Ou não sente frio na barriga por uma garota? Quando retornou à escola, de tapa-olho, os colegas de time o trataram bem, mas com frieza. Já não faziam piadas perto dele, não o chamavam para sair nas sextas à noite. Ele ia a todos os treinos e ficava no banco.

Depois de se acostumar com a prótese ocular temporária – que acabou virando permanente –, o treinador o chamou para um bate-bola, só os dois. Nathaniel agarrou com facilidade os primeiros arremessos, mas então o treinador jogou uma bola mais alta e à esquerda. Nathaniel estendeu a mão enluvada onde achava que a bola estaria, mas acabou de mão vazia. Isso aconteceu de novo, e de novo.

Os médicos haviam alertado que ele perderia a noção de profundidade. Que certas coisas, como descer escadas, seriam difíceis, e outras, como ver filmes em 3-D, seriam impossíveis, mas com o tempo o olho saudável aprenderia a compensar. Ele disse isso ao treinador. Prometeu treinar incessantemente.

"Estou perdendo todos os mais fortes este ano", falou o treinador. "Pode ser a última chance em um bom tempo de participar do campeonato." Encarou Nathaniel, sem dizer mais nada. Não foi preciso. Nathaniel percebeu o que era esperado dele.

"Está tudo bem", retrucou Nathaniel.

Disse o mesmo aos colegas ao anunciar seu afastamento. Tentou não levar para o lado pessoal a avidez de todos em acreditar.

Agora ele dispara olhares a Freya, como um dia disparou a correr pelas bases. Tem prática suficiente, de modo que ela não percebe.

– Bola viva, *outfield*! – grita Finny de repente.

Assim que a bola baixa cruza o segunda-base, ele percebe que não estava prestando a menor atenção no jogo. A bola segue na direção de Freya, tarde demais para que Nathaniel a intercepte.

Freya, porém, agarra a bola com a mão enluvada.

– Peguei! – grita ela, virando-se para Nathaniel. – E agora?

– Joga para mim – responde ele, correndo na direção dela.

Ela obedece e lança a bola com a palma para cima, e ele agarra facilmente. Então dá um rodopio e arremessa não para Finny, mas para Harun. Dois corredores já cruzaram o *home plate*, o terceiro começa a avançar, e Finny espera que a bola retorne para ele, mas Nathaniel sabe que hoje eles três estão envoltos por uma espécie de mágica. Portanto, lança a bola na direção de Harun, certo de que ele vai agarrar. Com as costas iluminadas pelo sol poente, o garoto pega.

– Fora! – grita o árbitro.

– A gente conseguiu? – pergunta Freya.

– Conseguiu – responde Nathaniel.

Freya dá um rodopio e faz uma dancinha da vitória.

– Vai, Harun!

Ela bate a mão na de Nathaniel, que agora tem a mão direita tão dormente quanto a esquerda.

– Rá! – grita Finny. – Chupa!

– Chupa?! – exclama o capitão do outro time. – Estamos quatro corridas à frente.

– Chupa mesmo assim! – responde Finny, que, embalado pela adrenalina, consegue um *strike* contra o rebatedor seguinte, completando três eliminações.

Com o time rebatendo, Freya e Nathaniel assumem seus lugares no banco. Harun fica de pé junto ao alambrado, conversando com Finny.

– Eu não vou ter que rebater, vou? – pergunta Freya.

– Tem um monte de rebatedores na sua frente, então não se preocupe – diz Nathaniel.

– Porque eu não sei rebater.

– Posso ensinar se você quiser.

– Vou acabar acertando a sua cabeça. De novo. E causando uma segunda concussão.

– Eu assumo o risco.

Os dois caminham até o saco de tacos, e Nathaniel dá uma vasculhada.

– Primeiro de tudo, você precisa do taco certo.

– Qual é o taco certo?

– Para você – responde ele, pegando uns modelos de madeira mais delgados – tem que ser um Louisville Slugger.

Nathaniel entrega o taco a ela, que o segure como se tentasse esganá-lo.

– Relaxa – diz ele, posicionando-se atrás de Freya. – Segura com as mãos, uma acima da outra, as juntas alinhadas.

Ele estende a mão para ajustar a pegada dela, abraçando seu corpo.

– Assim? – pergunta Freya, numa voz que é puro sussurro.

A pegada está perfeita, mas ele não quer largar. Está muito cansado de largar tudo na vida.

– É, tipo assim. Agora abra as pernas.

– Os caras costumam me pagar um jantar antes de dizer isso.

A ereção de Nathaniel é imediata, dura como o taco Louisville Slugger. Ele afasta o corpo de Freya para que ela não perceba.

– Desse jeito. – Nathaniel empurra os pés dela, torcendo para que a ereção vá embora. Não tem essa sensação desde os 13 anos. – O truque é relaxar. Não antecipe a bola, receba a bola.

– *Receba a bola* – provoca Freya. – Estamos jogando softbol ou trans...

– Nathaniel – interrompe Finny. – Quer rebater?

Não! Nathaniel não quer rebater. Quer levar Freya para trás do arbusto, arrancar as roupas dela e apertar com força sua pele quente, sem deixar espaço entre os dois. Depois disso, ele paga o jantar.

– Aqui, use o Slugger – diz Freya, entregando o taco a Nathaniel, e embora seja muito leve, ele aceita, porque não quer recusar nada que venha desta garota.

Tomado pelo desejo, ele se posiciona no *home plate*. O arremessador joga bem longe. Nathaniel poderia chegar para o lado, e então seria bola, mas, em vez disso, rebate com força. Precisa dar vazão à vontade e ao desejo que pensava estarem mortos, mas que apenas dormiam, e agora explodem feito um vulcão. A bola se conecta com o mais satisfatório dos sons da rebatida e sai voando.

Home run. Claro.

• • •

Os três jogadores ausentes chegam no fim do terceiro *inning*. Freya, Nathaniel e Harun são dispensados com uma salva de agradecimentos, duas cervejas, uma Coca-Cola e um convite para retornarem na semana que vem.

– Se vocês voltassem, eu voltaria – diz Freya. – Foi divertido.

Então ela lembra que Nathaniel não é de lá. Ele é turista, veio encontrar o pai.

– Você vai estar aqui na semana que vem?

– Talvez – responde Nathaniel, dando de ombros enquanto abre uma cerveja.

A espuma explode em suas mãos. Ele lambe os dedos e Freya tem dez mil pensamentos impróprios sobre o que gostaria de fazer com aqueles dedos. Porém, antes de soltar outra piada idiota sobre sexo, dá uma longa golada na cerveja e solta um arroto igualmente longo.

Nathaniel e Harun a encaram, impressionados.

– Eu e minha irmã costumávamos fazer campeonato de arroto – explica ela. – Só que com Fanta, não com cerveja. Eu sempre ganhava.

– Óbvio – responde Harun.

– Eu conseguia cantar "Jingle Bells", "Parabéns pra você", recitar o abecedário, tudo arrotando. Humm. Talvez, se não conseguir cantar de verdade, posso ser cantora de arrotos. – Freya dá outra golada de cerveja. – Será que é possível conquistar uma carreira de cantora arrotadora profissional?

– Provavelmente – responde Harun. – Existem caras que ganham a vida comendo cachorro-quente, então por que não?

– Comendo cachorro-quente? – indaga Nathaniel.

– Eles competem profissionalmente. Tem uma disputa enorme no Quatro de Julho – explica Freya. – Aquele japonês sempre ganha.

– Não – retruca Harun. – Ele foi desqualificado.

– Sério?

– Pois é.

– Vocês estão de sacanagem – comenta Nathaniel, rindo. – Isso não pode ser sério.

– Mas é – replica Freya. – Então talvez haja esperança para mim e minha carreira de arrotadora, no fim das contas. – Ela dá outro gole e tenta arrotar o alfabeto, mas o que sai é apenas um patético e delicado *A*. – Nada. Nem assim eu consigo cantar.

Os rapazes a encaram com uma piedade quase insuportável.

– Tenho certeza de que você vai voltar a cantar – diz Harun.

– Tem? Porque eu não.

– Roubar a música não ajudou? – pergunta Nathaniel.

Freya suspira. Se a vida fosse um filme, ela sabe que teria descido o elevador de mãos dadas com Harun e Nathaniel e, assim que cruzasse as portas, livre de Hayden, teria começado a cantar. E todos teriam dançado com as mãos espalmadas e agitando os dedos.

No entanto, não é assim que a vida funciona. Fosse lá o que apertasse em sua traqueia essas últimas semanas, ainda estava lá.

– Ajudou – responde Freya. – Mas de outro jeito.

– O que você vai fazer? – pergunta Nathaniel.

Freya começa a discursar sobre fãs e sustento e tudo por que ela trabalhou, quando Nathaniel interrompe:

– Não se Hayden te demitir. O que você vai fazer se não conseguir mais cantar?

Seus fãs vão esquecê-las. Os números vão despencar.

Isso, porém, não é o pior. Não é isso que a apavora ou a move. Nunca foi. Apesar de tanta experiência com a fama, Hayden na verdade nunca a compreendeu.

Talvez seja a cerveja, ou a adrenalina, ou a forma como Harun e Nathaniel reagiram ao vê-la surtar no restaurante, ou o jeito como estão olhando para ela agora. Ou talvez seja a sensação, cada vez mais forte ao longo do dia, de que ela sempre conheceu esses dois, ainda que os três de fato só tenham se encontrado hoje. Mas algo a enche de coragem. Ou talvez de esperança. Ou talvez a esperança a encha de coragem.

Seja como for, ela respira fundo e tira o monstro do armário:

– Se eu não puder mais cantar, se não puder fazer a única coisa que amo, a única coisa pela qual sou amada, eu vou ficar sozinha.

Pronto. Enfim foi dito. O que ela mais teme.

• • •

O que eles três mais temem.

• • •

– Você não vai ficar sozinha – diz Harun. – Você tem tantos fãs...

– Isso não é amor – responde Freya. – Isso não é duradouro. Posso garantir a vocês que daqui a um tempo... meses, talvez anos... se eu parar de cantar, até os fãs mais fervorosos vão perder o interesse.

Harun faz menção de contestar, mas Freya abana a mão, dispensando o argumento.

– Me responda honestamente: você acha que seu namorado, sendo o grande fã que ele é, ainda me amaria se eu não conseguisse mais cantar? Você acha que alguém me amaria?

• • •

Harun gostaria de dizer a Freya que James jamais deixaria de amá-la. Porém, se James pode deixar de amá-lo, como é que ele vai saber? O tempo todo, as pessoas deixam de amar umas às outras.

• • •

– Eu amaria você mesmo que não pudesse mais cantar – diz Nathaniel.

• • •

O coração de Freya para.

Ou talvez comece a bater.

– É mesmo?

• • •

Eu já te amo, pensa Nathaniel. Só que isso é loucura. Isso é o pai dele falando ou o selvagem esfaimado que habita dentro de si. Então, mais uma vez, permanece calado.

• • •

Harun acha que também poderia amá-la. Não por ela ser famosa ou por poder ajudá-lo a reconquistar James, mas porque ela é ela. Ele deveria dizer alguma coisa – algo reconfortante –, só que está distraído demais com o telefone. O celular vibra com mensagens de texto quase incessantes de Ammi, numa urgência tão intensa que Harun a imagina de ombros curvados estreitando os olhos para a tela enquanto cata milho no teclado com os dedos sujos de tinta: Vc tá bem? Cadê vc?

Se Freya, mesmo incapaz de cantar, pode ser amada por Harun e Nathaniel, sua família também poderia amá-lo, mesmo que ele não fosse a pessoa que todos gostariam? E, caso contrário, poderia ele permitir que a família continuasse a amar uma mentira?

Imagina todos os parentes reunidos ao redor da mesa para celebrar a pessoa que ele nunca foi. Suas palavras a Freya mais cedo retornam, num ricochete:

Você tem que fazer as coisas direito.

Fazer direito é não trocar uma traição por outra. Fazer direito é não deixar esfriar a comida na mesa de Ammi, não permitir que sua preocupação se cristalize e se transforme em medo, depois desconsolo. Fazer direito é parar de mentir.

Ele compreende por que Freya tem medo de ficar sozinha. Para alguns, pode parecer loucura que Harun, com uma família tão grande, também se sinta assim. No entanto, ele carrega esse segredo desde os 9 anos. Os segredos entalham fissuras, que se tornam valas, que se transformam em canais, que viram rachaduras, e de repente você está só, sobre um bloco de gelo, separado de todas as pessoas que ama.

Já faz muito tempo que ele se sente só.

O mais estranho é que hoje, logo neste dia, não está se sentindo.

A ORDEM DA PERDA
PARTE VIII

HARUN

Nunca contei a verdade a ninguém. O mais perto que cheguei foi revelar a Amir não que eu estava apaixonado por James, mas que carregava uma falha, e que essa falha envergonharia minha família.

– Mas por quê? – indagou ele, quando fiz a confidência por telefone, no dia seguinte ao da mensagem que enviei pelo Facebook.

A linha telefônica estalou entre nós dois, a no mínimo 15 mil quilômetros de distância.

– Eu amo a pessoa errada – soltei.

Ele prendeu a respiração.

– Uma *gori*.

Se fosse tão simples quanto uma garota branca... Saif já havia trilhado esse caminho para mim.

– Não – respondi. – Pior que uma *gori*.

No silêncio que se seguiu, eu soube que Amir tentava desvendar o que poderia ser pior que uma garota branca e não muçulmana. Ele não podia imaginar.

– Não é uma garota – falei, por fim.

O silêncio do outro lado prosseguiu, mas, ao ouvir a mudança em sua respiração, soube que Amir havia compreendido. Naquele momento, antes que ele se pronunciasse, eu não queria saber se meu primo estava horrorizado. Eu só sentia alívio. Alguém da minha família sabia.

Num tom de voz calmo, ele respondeu:

– "Não desanimeis, nem vos aflijais, porque sempre saireis vitoriosos, se fordes fiéis."

Fazia muito tempo que eu não ia à mesquita ou lia o Alcorão, mas reconheci a citação. O que eu não sabia era se podia ser considerado fiel, depois de tanto tempo afastado.

– Não se preocupe, primo – continuou Amir. – Com a condução de Alá, eu posso te ajudar.

– Você pode?

– Acho que posso. Quer recitar *Salat Ul-Istikharah* comigo?

Fazia muito tempo que eu não recitava a oração que costumávamos usar para pedir orientação – ou qualquer outra prece.

– Está bem – respondi.

Recitamos a oração juntos e eu imediatamente me senti mais leve, melhor. Naquela noite, porém, comecei a entrar em pânico. E se Amir contasse aos meus pais? O que eles fariam?

Não tive notícias dele no dia seguinte, então mandei uma mensagem, implorando que ele não contasse a ninguém. Recebi a resposta:

A quem temer a Deus, Ele lhe apontará uma saída. E o agraciará, de onde menos esperar. Quanto àquele que se encomendar a Deus, saiba que Ele será Suficiente, porque Deus cumpre o que promete.

Ele lhe apontará uma saída. Repeti isso mentalmente. Uma saída. Amir me ajudaria a encontrar uma saída.

Quando Amir me ligou, dois dias depois, eu estava nervoso e esgotado de tanto imaginá-lo contando tudo a Khalu, que contaria a Khala, que contaria a Ammi.

– Você contou aos seus pais? – perguntei.

– Ainda não. Só a meu imame. Ele me ajudou a bolar um plano.

– Que plano?

– Você confia em mim?

– Eu te contei meu segredo.

– Você confia em mim? – repetiu ele.

Não interessava se eu confiava nele. Eu havia contado a ele. Não tinha escolha.

– Confio.

– Tenha paciência – aconselhou Amir. – Eu vou te ajudar, mas você precisa confiar em mim.

– Está bem.

Dois dias depois, cheguei da aula e encontrei meus pais à minha espera na sala de estar, com Abdullah e Halima. Naquele momento, então, encontrei a minha saída.

Ammi estava chorando, o que era de se esperar.

Respirei fundo, preparado para enfrentar o que fosse.

Abu me abraçou. Naquele segundo eu acreditei genuinamente que eles me amariam, a despeito de qualquer coisa. Dei razão a James: o amor venceria tudo. E também a Amir: Alá me apontaria uma saída.

– Falamos ao telefone com Khalu – começou Abu, me soltando.

Eu me afastei. *Coragem*, disse a mim mesmo. *Coragem*.

– Estamos tão felizes! – exclamou Ammi, enxugando as lágrimas com a ponta da *dupatta*.

Felizes? Ammi passara seis meses chorando quando Saif se casou com Leesa. Era um milagre vê-la falando comigo. Mas feliz? Havia algo errado.

– Khalu nos contou o que você quer – continuou Ammi. – Não sei por que você guardou segredo.

– Talvez seja porque ele... – começou Halima. Balançou a cabeça e me disparou um olhar duro. – Tenha 19 anos – concluiu.

– Ah, 19... – disse Ammi, abanando as mãos. – Eu tinha essa idade quando me casei com seu pai.

Ela vai cantar no nosso casamento, eu ouvi a promessa de James.

Fui invadido por uma sensação fria e pesada, como se fosse soterrado por cimento molhado.

– Conversei com seu tio – disse Abu – e, sim, Harun é jovem, mas não precisa acontecer de imediato. E, se acontecer rápido, ele pode morar aqui até concluir a faculdade.

– E seu pai já andou pesquisando os voos. Você pode ir assim que o semestre terminar – concluiu Ammi. – Só que vai precisar dar entrada no visto quanto antes.

– Ainda não estou entendendo por que ele não pode encontrar uma garota aqui, como uma pessoa normal – comentou Abdullah.

– Nem o motivo para tanta pressa – acrescentou Halima, me encarando.

– Ele quer seguir as tradições – explicou Ammi, me olhando cheia de orgulho. – Quer encontrar uma esposa em casa e trazê-la para cá, como seu pai fez comigo. É um bom rapaz.

Halima pigarreou e disparou para mim o mais sacana dos olhares.

– É, é um bom rapaz.

– Ah, não dê bola para a sua irmã – disse Ammi a mim.

Então ela e Abu começaram a fazer planos. Era como quando falavam em urdu. Eu conseguia entender umas partes, mas não toda a essência. Datas. Noivas. Vistos.

Minha cabeça começou a processar o que estava acontecendo, mas meu coração não. Meu coração sempre teve dificuldade em aceitar a realidade.

– Sei que você contou ao seu primo que queria fazer isso assim que possível – disse Ammi. – Mas precisamos esperar para decidir a data. E se o casamento vai ser aqui ou lá. Isso depende da família e do momento. – Ammi parou para pensar. – E da garota.

– Como é que ele vai saber qual é a garota certa? – perguntou Abdullah.

– Harun vai saber – respondeu Ammi, sorrindo para Abu. – Seu pai conheceu três pretendentes; eu não era a mais bonita nem a mais rica, mas ele me escolheu. Ele disse que simplesmente sabia.

– Como? – perguntou Abdullah.

Abu cofiou a barba, pensativo.

– Eu só senti que era certo – respondeu, olhando para Ammi. – E estava certo.

Recordei o dia em que conheci James, quando me perdi no campus, ele me perguntou onde eu tinha que estar e eu pensei *é exatamente aqui que eu tenho que estar.*

Eu simplesmente sabia. Ou achava que.

Abu deu um apertão no meu ombro.

– Fico feliz por você ter recorrido ao seu primo. Mas você podia ter falado comigo. Podia ter me contado.

Era uma frestinha aberta na janela, minha última chance de contar a Abu a verdade a meu respeito.

Eu soube que não aproveitaria. Afinal de contas, era um covarde.

– Queria fazer surpresa para Ammi – respondi.

– E fez! – soltou ela. – Ah, você não tem ideia de como isso traz felicidade a mim e ao seu pai.

É exatamente aqui que eu tenho que estar.

Não mais.

A janela se fechou. Não haveria saída para mim.

6

PLANOS C

– *Beta,* é você? – indaga Abu, assim que Harun destranca a porta.

Harun sinaliza para que Freya e Nathaniel aguardem na entrada e vai até a cozinha, onde quase sempre encontra Ammi, mas ela não está ali. Ele cruza a cozinha até a sala de estar. Abdullah e Halima se acomodam na ponta do sofá de brocados; Saif e a esposa compartilham uma poltrona. A cadeira de espaldar alto é o assento de Abu. Como esperado, Ammi está andando de um lado para outro.

– Você está atrasado – diz minha mãe. – O que houve? Por que não ligou? Por que não atendeu ao telefone?

Harun não havia pensado em nenhuma mentira para contar, nenhuma desculpa. Que as fichas caíssem onde tivessem que cair. Ele prepara o espírito. Então Freya e Nathaniel adentram a sala de estar.

– Desculpem, fomos nós que o atrasamos – comenta Freya.

A chegada de dois completos estranhos é tão inesperada que reconfigura os átomos do cômodo. A preocupação de Ammi se transforma em confusão. Abu assume o lado hospitaleiro.

– Você trouxe amigos – diz ele, levantando-se, os braços estendidos.

– Pois é, trouxe amigos – responde Harun.

– *Amigos?* – indaga Halima, de olhos arregalados.

– Amigos – confirma Abu, como se fosse totalmente normal que Harun trouxesse gente para casa, e ainda por cima uma moça, sem avisar. – Vamos botar mais duas cadeiras à mesa. Venha, Rabia, eu ajudo – diz ele a Ammi.

Da sala de jantar, Harun escuta o arrastar de cadeiras, o clangor de pratos e talheres adicionais e a conversa sussurrada entre Ammi e Abu, que ele nem precisa ouvir para adivinhar o assunto: *Quem são esses estranhos que Harun trouxe?*

Desconfiança. Isso é bom. Foi por isso que ele levou os dois até lá – para se submeter a uma das escrupulosas auditorias de Ammi.

Enquanto os lugares à mesa são reorganizados, olhares inquisidores percorrem a sala de estar. Nenhum dos irmãos comenta qualquer coisa; são educados demais. É a esposa de Saif, Leesa, que enfim se pronuncia:

– São seus amigos da faculdade?

Embora Harun não tivesse dito uma palavra a Freya ou Nathaniel sobre este jantar, sobre sua família, sua situação complicada ou, a bem da verdade, sobre si mesmo, a garota sorri e responde sem titubear:

– Isso.

Vendo os olhos arregalados de Halima, Harun compreende que não é o único fã de Freya na família. Sente uma pontada de arrependimento por nunca ter conversado com a irmã a respeito. Teria sido legal compartilhar *alguma coisa* com alguém nesta família.

– O que vocês estudam? – pergunta Abdullah.

– Música – responde Freya.

– Enfermagem – diz Nathaniel.

– Eu não fazia ideia de que a escola oferecia tantas opções – comenta Halima.

– Nem que homem podia ser enfermeiro – fala Saif.

– Que babaquice sexista – retruca Halima. – Óbvio que pode. As pessoas podem ser muita coisa. – Embora esteja falando com Nathaniel, ela olha para Harun.

– Por favor – diz Ammi, retornando à sala –, venham para a mesa.

A mesa está posta com a toalha de linho que a mãe de Harun

trouxe do Paquistão, quase trinta anos atrás, e repleta de brilhantes *samosas* fritas em óleo, *pakoras*, molhos de cores vívidas, *dahi bharas*.

Todos se sentam. Ammi começa a passar adiante as travessas das entradas. Recordando a fome de Nathaniel mais cedo, Harun pede à mãe que sirva a ele dois de cada prato, explicando o que é cada um.

Quando a travessa chega a Leesa, ela recusa e volta a atenção para Freya.

– Não me leve a mal, mas como alguém espera ganhar dinheiro com formação em música?

Ammi dá uma tossida.

– Tenho certeza de que ela vai encontrar um jeito – responde Halima, lançando um olhar para Harun.

– Não é fácil ganhar a vida como artista – comenta Leesa. – Quando era mais nova, eu queria ser patinadora, o que também não dá dinheiro, e a pessoa ainda tem que viver viajando. – Ela balança a cabeça. – Eu sou caseira, então... não, obrigada. Por sorte eu tinha um plano B: corretagem. É muito importante ter um plano B. Você tem?

– Não – admite Freya, baixinho.

– Pois devia. Quer dizer, provavelmente um enfermeiro tira mais dinheiro. Um corretor, com certeza. Steve e eu estamos ganhando muito bem, não estamos, amor?

– A vida é feita de mais do que dinheiro – retruca Ammi. – Há muitos caminhos a seguir.

– Desde que levem à medicina, à administração ou ao direito – solta Halima.

– Não esqueça – acrescenta Abdullah. – Engenharia também serve.

– Não seja injusta – diz Ammi a Halima. – Você quer ser... – Ela remexe os dedos. – Desenhista.

– De animação, Ammi. Tipo para a Pixar.

Harun assiste a tudo, incrédulo. Por que estão conversando sobre carreiras?

Ammi se vira para Nathaniel.

– Que área da enfermagem você pretende seguir?

– Para de interrogar meus amigos – retruca Harun.

Ele sabe que está se comportando mal, mas quer que o interrogatório passe de Nathaniel a si mesmo, que é quem deve ser focado.

– Quero trabalhar em casas de repouso – responde Nathaniel.

– Com gente moribunda? – indaga Leesa. – Que deprimente.

– Considero uma honra acompanhar as pessoas durante a passagem. – Nathaniel faz uma pausa e lambe o molho de tamarindo do dedo. – Todos nós morremos. É a única certeza que temos na vida, e é a única coisa que temos em comum com todo o resto do planeta.

– É verdade, mas para nós ainda deve demorar bastante tempo, *Inshallah* – responde Abu. – Vamos passar ao prato principal?

Ammi se levanta.

– *Beti,* me ajude a trazer a comida.

Halima se levanta. Freya também. As três desaparecem dentro da cozinha, retornando com comida suficiente para mais dez convidados. Freya pousa um frango *karhai* diante de Harun.

– Sua mãe disse que esse é o seu preferido.

Frango *karhai*, cordeiro *biryani*, bife *keema*. Todos os pratos são seus preferidos. Mas ele não está ali por causa de um delicioso jantar com seus pratos favoritos. Foi até lá para forçar o assunto. Por que ninguém está forçando nada?

– Está tudo apimentado? – indaga Leesa, fitando a comida. Vira-se para Nathaniel. – Eu sempre sofro de indigestão depois que saio daqui.

– Fiz um prato especial para você, sem tempero – intervém Ammi, apontando para uma travessa de macarrão sem molho.

Leesa faz uma careta.

– Não posso comer massa. Sou alérgica a glúten.

– Alérgica a glúten?

– Pois é, nada de pão, macarrão, bolo. Essas coisas.

– Saif nunca falou de alergia nenhuma.

– Tudo bem. Posso comer só arroz.

– Prove a lentilha, amor – diz Saif.

– A lentilha está apimentada?

– Para mim, não – responde Ammi.

– *Como* devo interpretar esse comentário?

– Ela não acha que a lentilha esteja apimentada – responde Halima, bufando.

Leesa suspira.

– E que tal a gente abrir aquele vinho? – Ela aponta para uma garrafa, ainda embrulhada num papel de presente brilhoso, no aparador. – A tampa é de rosca. – Ela se vira para Freya. – Aprendi por experiência própria que esta família não dispõe de saca-rolhas.

– A gente não bebe vinho – retruca Halima. – Por que teríamos saca-rolhas?

– Para os convidados?

Ammi pega a garrafa sobre o aparador, segurando-a com cuidado, como se contivesse estricnina.

– Querem vinho? – pergunta ela a Freya e Nathaniel.

– Estou bem com água – responde Freya.

– Eu também – diz Nathaniel.

Harun olha para os amigos, surpreso por vê-los tão à vontade. Ao convidar os dois para um jantar de família, não explicou quem estaria presente, nem que dinâmica esperar, nem o motivo do jantar. Não foi preciso. Os dois aceitaram no mesmo instante e, ao entrarem no trem, Harun não conseguiu pensar na melhor forma de dizer "Ah, a propósito, o jantar é uma despedida para mim, pois amanhã vou partir para o Paquistão em busca de uma esposa, por mais que ainda ame James e não queira uma esposa, e a propósito, James me mandou sair da vida dele, merda". Esse não é o tipo de coisa que se menciona assim, do nada. Sobretudo quando se é um covarde.

Leesa se levanta e pega a garrafa da mão de Ammi.

– Pode deixar que eu me sirvo – diz ela, marchando em direção à cozinha. – Você quer, Steve?

– Não, amor, obrigado.

Ela se retira e paira no ar outro silêncio desconfortável. Dispensada a bomba Leesa, Harun prende a respiração, esperando o início do evento principal. Que Ammi analise o livro contábil com mais atenção, faça perguntas sobre Freya e Nathaniel, sobre a ligação de Harun com os dois. Quando isso acontecer, tudo vai se desenrolar e Harun não terá escolha a não ser abrir o jogo.

Ammi, no entanto, apenas pergunta a Nathaniel se ele também não come glúten, como se fosse uma esquisitice de gente branca.

– Como, sim, sem sombra de dúvida – responde ele, enchendo o prato. – Isto aqui é o quê? – Ele aponta para uma das travessas.

– *Seekh kebab* – responde Abdullah.

– E este?

– *Achar gosht* – diz Halima. – Superapimentado.

– Talvez você possa começar com o *kebab* – sugere Ammi.

Nathaniel pega três. Ammi sorri.

– Seus amigos são uns amores – declara ela. – Você devia tê-los trazido antes.

Harun não sorri. Não levou os amigos para impressionar Ammi. Levou-os para ativar o faro dela. Com certeza sua família ia querer saber o que ele estava fazendo com aquela gente totalmente desconhecida. Com certeza Abu faria perguntas além das superficiais de Leesa. Com certeza Ammi não teria sua curiosidade sobre os convidados aplacada ao ver um deles raspando o prato como se não houvesse amanhã.

• • •

Por falar nisso...

Nathaniel não consegue parar de comer. Já fica entupido no primeiro round, mas aquele é um banquete épico. Ele nunca presenciou um banquete épico. Não sabe nem se algum dia vai comer outra vez.

E a comida... Ele fecha os olhos para processar os sabores. Nunca provou nada igual, mas têm um quê de familiar, ainda que lhe falte o vocabulário para nomeá-los.

• • •

Freya sabe nomear: alho, cominho, gengibre, cardamomo, noz-moscada, cravo-da-índia... temperos que o pai dela usava para cozinhar.

– Tem feno-grego neste aqui? – indaga Freya, apontando para o *biryani*.

O rosto da mãe de Harun se ilumina.

– Nenhum filho meu sequer sabe o que é feno-grego, quanto mais reconhecê-lo entre os temperos.

– É usado na culinária etíope – responde Freya.

– Nunca comi nada da Etiópia. Como é?

– Muitos cozidos, muitos molhos, temperos similares. A gente come com a mão, usando pão fermentado.

– No Paquistão também comeríamos tudo isso com a mão – explica Abu antes de limpar meticulosamente a mão direita e pegar, com habilidade, um pouco de carne, arroz e molho numa trouxinha de *naan*.

Freya observa e faz o mesmo, porém sem tanta habilidade, e derrama um pouco de molho na toalha de mesa.

A mãe de Harun limpa, dispensando o pedido de desculpas de Freya.

– Gosto de ver os outros comendo.

Ela dá uma olhadela para a cozinha, onde Leesa segue se entendendo com o vinho.

– Eu perdi a prática – diz Freya. – Meu pai é etíope, mas saiu de casa há muitos anos. Minha mãe nunca gostou de comida etíope, então, depois que ele foi embora, a gente parou de comê-la.

Freya se pergunta por quê. Nos últimos anos ela havia ganhado muito dinheiro e acesso a uma cidade inteira de sabores. Poderia ter saboreado comida etíope se quisesse.

– Mas você se lembra dos temperos – comenta a mãe de Harun. – Essa parte de você nunca vai embora.

– Espero que não – diz Freya.

– Você deveria preparar sua comida natal.

– Eu não sei cozinhar muito bem.

– É fácil. Posso te ensinar – oferece a mãe de Harun. – Tenho certeza de que aprender a culinária punjabi não seria tão diferente.

– Eu adoraria.

– Combinado. Posso te dar uma aula de culinária enquanto Harun estiver fora.

Fora? Freya absorve a notícia. Fora onde? Ela lança um olhar casual para Harun, cuja a expressão se congela, tomada de pavor. Freya então percebe tardiamente que ela e Nathaniel não foram convidados à toa para aquele jantar.

"Preciso pedir um favor a vocês", disse Harun enquanto os três observavam o jogo de Finny e os amigos, sentados no banquinho. Àquela altura, Freya teria feito qualquer coisa por aqueles dois garotos. E um jantar em família não parecia grande coisa.

– Quanto tempo mesmo você vai ficar fora? – pergunta Freya a Harun, a voz leve e tranquila, não por realmente querer saber, mas por desejar que ele saiba que ela entrou no jogo, que vai protegê-lo.

– Seis semanas – responde a mãe por ele. – Eu vou ficar tão sozinha... Vou precisar de algo para preencher meu tempo.

– Alô – diz Halima. – Estou sentada bem aqui.

– Está. Mas você não quer aprender a cozinhar. – A mãe de Harun lança um olhar afetuoso para a amiga do filho. – E Freya quer.

– Freya quer, não é mesmo? – retruca Halima, no universal tom provocativo de irmã mais nova.

– Talvez a gente possa aprender juntas – sugere Freya a Halima.

Por um instante ela esquece que está só desempenhando um papel pelo bem de Harun e imagina a si mesma na cozinha daquela casa, o vapor subindo das panelas no fogo, provando sabores numa colher de pau.

Freya encara Harun, que tem o semblante totalmente desgostoso. Sente aquela pontada nas entranhas e incorpora a dor do amigo como se fosse sua, mesmo sem compreender de onde vem.

– Se aprender a fazer comida punjabi, pode cozinhar para o seu Nathaniel – diz a mãe de Harun.

O seu Nathaniel. Ouvi-la falar aquilo, validar o relacionamento, acalenta Freya. Ela não consegue esconder o sorriso. Nathaniel nem tenta.

– Talvez eu cozinhe – responde Freya.

– Ele parece gostar bastante da comida – comenta a mãe de Harun, observando Nathaniel limpar o molho do prato com um pedaço de *naan*.

– Não. Estou *amando* a comida – diz Nathaniel.

– Não é apimentada demais?

– Eu aguento.

– Nada mal para um *gora* – comenta Abdullah.

– *Gora* é uma pessoa branca – explica Leesa a Nathaniel, emergindo da cozinha com um copo de plástico cheio de cubos de gelo e, aparentemente, vinho, numa das mãos, e a garrafa meio vazia na outra. – Não é um amor?

– Não é pejorativo – retruca Halima –, só descritivo. Tipo chamar alguém de louro.

– Neste caso, é um elogio – conclui Abdullah. – Nem todo mundo aguenta a comida de Ammi.

– Por "nem todo mundo" você está se referindo a mim? – questiona Leesa.

– Estou falando de gente que não está acostumada a comida apimentada – responde Abdullah. – Como Nathaniel.

– Isso é um desafio? – pergunta Nathaniel.

– Bom, você ainda não provou o *achar gosht* – retruca Abdullah. – Se der conta, conquistará o meu respeito eterno.

Nathaniel se serve de uma concha do cozido de cordeiro. Freya percebe que sua garfada contém uma pimentinha chili verde.

– Espere – adverte ela.

Porém, é tarde demais. O rosto de Nathaniel irrompe em labaredas. Ele estende a mão para pegar água.

– Nada de água – alerta Halima. – Só vai piorar as coisas.

Nathaniel a ignora e pega a água.

– Você precisa de iogurte – diz a mãe de Harun, correndo para a cozinha.

Freya olha para Harun, cujo rosto está tão pálido e cinzento quanto arde o de Nathaniel. E seu prato está tão cheio quanto o de Nathaniel está vazio. Se Nathaniel notou o desconforto de Harun, não demonstrou. Ela tenta atrair o olhar de Harun, para passar um recado silencioso, mas a visão dele parece turva.

Depois que todos terminaram de comer e que Nathaniel esvaziou o terceiro prato, a mãe de Harun se levanta para tirar a mesa.

– Por favor – diz Freya, segurando-a pelo braço. – Deixa que a gente faça isso.

– De jeito nenhum – responde a mãe de Harun.

Nathaniel se levanta e assente.

– Fazemos questão.

– Harun? Pode ajudar também? – pergunta Freya.

Ela o quer na cozinha. Quer que ele volte ao aconchego do trio. Quer que ele diga o que está acontecendo e como eles podem ajudar.

– Já vou – responde ele, apenas.

Freya leva uma pilha de pratos para a cozinha. Pretende compartilhar com Nathaniel sua preocupação em relação a Harun, mas, quando os dois se aproximam da pia, os quadris se tocando, ela retorna ao campo de softbol, segurando o taco Louisville Slugger atrás do alambrado, tão perto de Nathaniel que é capaz de sentir cada parte do corpo dele. Sua mente vira uma lousa branca, onde ela desenha coraçõezinhos.

– Oi – diz ela, a única coisa que consegue pensar, olhando o reflexo dele na janela sobre a pia.

– Oi – responde Nathaniel ao reflexo dela.

Os dois passam uma água nos pratos e os acomodam no lava-louça. Uma das travessas escorrega da mão de Freya, e Nathaniel segura.

– Me salvou de novo – fala Freya. – Você andou fazendo isso o dia todo, ao que parece.

– Você também.

– Você esqueceu que fui eu que caí em cima de você.

– Não esqueci. Sou grato por você ter caído em cima de mim.

– Você já disse isso. É chegado em concussões?

– Não.

– Então por que essa gratidão toda?

– Porque isso me salvou.

– Salvou? De quê?

Nathaniel para de enxaguar a louça e, mesmo encarando Freya pelo reflexo, ela se sente penetrada por aquele olhar. A corda que os une se estreita, eliminando o espaço entre os dois.

– Do meu plano B – responde Nathaniel.

– Qual era o seu plano B? – pergunta Freya, com a voz estrangulada, mas de um jeito muito diferente do que estivera nas últimas semanas.

Nathaniel, no entanto, não responde. Halima surge com outra pilha de pratos.

– Vocês estão queimando meu filme – resmunga ela.

Depois que ela sai, Freya repete a pergunta:

– Qual era o seu plano B?

Nathaniel fecha os olhos e balança a cabeça.

– Não importa. Eu parti para o plano C.

– Virar enfermeiro de casa de repouso?

– Talvez – responde Nathaniel, olhando-a fixamente. – Ou talvez isso.

Então ele a beija.

• • •

Os lábios dele nos lábios dela. A respiração dela nos pulmões dele. Nathaniel respira.

Os dedos dele no cabelo dela. Os dedos dela na cintura dele. Nathaniel sente.

A língua dele no pescoço dela. Os lábios dela no pescoço dele. Nathaniel saboreia.

O gemido dele no ouvido dela. O suspiro dela no ouvido dele. Nathaniel ouve.

Os olhos dele abertos. Os olhos dela abertos. Nathaniel vê.

Enquanto Nathaniel beija Freya e Freya beija Nathaniel, cada parte dele que parecia morta, que ele pensava já não existir, retorna com toda a força.

Um beijo. Nathaniel está vivo.

• • •

– Já terminaram com a louça? – indaga Halima.

Nathaniel e Freya se afastam.

– Ahn... – diz Halima, vermelha, gaguejando. – Meu pai quer dizer umas palavras. Então talvez...

Ela corre o olhar de um para outro, observando aqui e ali, até que para em Nathaniel, cujo taco retornou, com sede de vingança.

Halima sai correndo, olhando tudo, menos eles.

• • •

Os dois começam a rir.

– Acho melhor a gente voltar – sugere Freya, sem saber ao certo se consegue. Seu desejo pode não ser tão evidente quanto o de Nathaniel, mas literalmente lhe enfraquece os joelhos. – Preciso de um intervalo.

• • •

Nathaniel precisa de mais do que um intervalo. Precisa de todos os instantes.

– Onde fica o banheiro?

– Lá em cima, eu acho.

Ele a beija outra vez. Desta vez é um selinho, no canto da boca de Freya, esticada num sorriso. Ele se retira, com um desejo que ameaça explodir de dentro dele.

– Continuamos – diz Freya, atrás dele – mais tarde.

Subir a escada é doloroso, mas bom. O tipo de dor de alívio. O tipo de dor do plano C.

Mais tarde. Ele não havia considerado essa possibilidade.

• • •

Freya retorna à mesa flutuando, derretendo, pensando o tipo de coisa que não deveria pensar à mesa de jantar da família de Harun.

– Onde está Nathaniel? – pergunta alguém.

– Já vem – responde ela, e a antecipação de seu retorno lhe causa vertigem.

– Pai, temos trabalho de manhã – diz Saif.

– Podem ir – encoraja a mãe de Harun. – Ainda falta a sobremesa.

– Está bem, está bem. – O pai de Harun olha para ele, que encara a mesa. – *Beta*, amanhã você parte para a terra de sua família, para participar de um rito de herança, e assim nossa família crescerá. *Inshallah.*

Um coro de *Inshallah* ecoa ao redor da mesa. A mãe de Harun enxuga os olhos com um guardanapo.

– E talvez a família aumente mais ainda – diz a mãe de Harun. – Na nossa mesa sempre cabe mais.

No andar de cima, o chão range. Daqui a pouco Nathaniel estará de volta. Vai sorrir para Freya. A sobremesa será servida, os pratos, esvaziados. E então...

– Vamos fazer todos um brinde, para desejar o melhor a Harun – prossegue o pai. – Esperemos que ele encontre um par tão bom quanto o que eu encontrei.

Todos erguem os copos, exceto por Leesa, que debocha:

– Par? É assim que vocês chamam? – Ela se vira para Freya. – Sou só eu que vejo problema nisso?

Freya, ainda um metro e meio acima do chão, não compreende a pergunta de Leesa. A cunhada está questionando o fato de Harun ser gay?

– Se isso o faz feliz, o que interessa aos outros?

– Está vendo? – fala a mãe de Harun. – Provavelmente isso também existe na Etiópia.

– Até onde eu sei, existe em todo lugar – responde Freya.

– E não consigo entender o que você tem com isso – diz Halima a Leesa. – A escolha é dele.

– E a garota? Será que *ela* vai ter direito a escolha? – Leesa balança a cabeça.

Garota? Como assim? Freya tenta cruzar olhares com Harun, dizendo: "Me ajude a entender. Estou aqui para ajudar. Também posso ser seu plano C." Mas ele não retribui o olhar.

– Não me levem a mal, mas, entre as burcas e os casamentos arranjados – prossegue Leesa –, vocês tratam as mulheres feito bárbaros.

– Amor... – começa Saif.

– "Vocês"? – retruca Halima, espumando. – Meus pais, que tiveram um casamento arranjado, estão juntos e felizes há mais de 25 anos. – Ela estreita os olhos. – Vamos ver se você e *Steve* duram metade disso. Porque, pelo que andei ouvindo...

– Ok – interrompe Saif, levantando-se. – Hora de ir.

– Ainda não servi a sobremesa – retruca a mãe de Harun.

– Eu não quero sobremesa. Leesa, me encontre no carro.

– Com prazer.

Sem se despedir, ela dispara a passos firmes, levando a garrafa de vinho pela metade.

Quando a porta se fecha, Saif se vira para a família.

– É por isso que a gente nunca vem aqui. Nenhum de vocês a aceita.

– Aceitá-la? – indaga a mãe de Harun. – Com ela dizendo barbaridades a nosso respeito? – Ela balança a cabeça. – Por que você foi se casar...

– Com uma americana? Porque eu sou americano.

– Com uma pessoa que não nos respeita.

– Ah, então temos todos que ser iguais a Harun? O filho bom e obediente?

– Eu não sou um filho bom – murmura Harun.

– Por favor – retruca Saif. – Você é o mesmo bundão de sempre.

– Saif! – solta o pai de Harun, com um quê de advertência.

Freya tem metade da atenção voltada à discussão e metade voltada aos ruídos no andar de cima. O barulho da descarga. A torneira aberta. Os passos na escada. Assobios.

Nathaniel está assobiando.

Ele entra na sala de jantar sorrindo e assobiando. Freya tenta encará-lo para avisar que o barco está afundando, mas ele não vê.

Ela, no entanto, vê. Numa nauseante câmera lenta, Freya subitamente percebe que tudo está prestes a naufragar. Já se sentiu assim. E, mais uma vez, não tem como agir.

• • •

– Eu não sou um filho bom – repete Harun.

– Claro que é – responde Ammi. – E vai se casar com alguém bacana e trará alegria a toda a família.

• • •

Nathaniel, que ouve apenas a parte de Harun se casar, ainda inebriado por aquele beijo, sente uma enorme alegria pelo amigo. E alívio. Ao longo de todo o dia, Harun irradiou certa melancolia, mesmo ao falar do namorado, e Nathaniel ficou imaginando por que ele não entrara em contato com o tal James, se algo havia saído do rumo. Ele partilhava da tristeza de Harun, de seus segredos. Mas agora tudo mudou. Nathaniel tem um *mais tarde*. E Harun também.

– Quer dizer que você vai se casar com James?

• • •

Harun solta o ar.

Pronto. Saiu. Até que enfim.

– James? – pergunta Saif. – Quem é esse?

• • •

Certo dia, o enfermeiro do hospital, Hector, disse a Nathaniel que era possível saber quando alguém havia morrido, pois o ar mudava. "É como se a alma que se vai deixasse uma sombra para trás."

Ninguém chegou a morrer ali, mas Nathaniel sente a súbita mudança no ambiente. Onde momentos antes houvera planos C e *mais tarde*, agora há apenas vazio. É uma sensação que ele conhece muito bem.

Ao absorver o clima pesado da sala, ele é puxado de volta à realidade. As mãos trêmulas de Harun. O rosto contorcido de Freya. Foi ele que fez isso?

– Quem é James? – torna a perguntar Saif.

Nathaniel vê o desespero no rosto de Harun. É um olhar que ele conhece muito bem.

Que diabo ele acabou de fazer?

• • •

– Esse James é outro amigo da faculdade, *beta*? – indaga Abu.

Ao se virar para Ammi, Harun vê uma expressão tão esperançosa que quase deseja confirmar.

Foi na faculdade que os dois se conheceram, afinal de contas. Harun estava perdido e James lhe mostrou o caminho. Não seria mentira.

No entanto, ele acabou de ouvir o pai dizer o nome de James em voz alta. Não há mais como negar.

– James é um garoto – explica Harun. – Estou apaixonado por ele.

– Mas você vai se casar com uma moça – retruca a mãe. – Está indo amanhã encontrá-la. Khala e Khalu organizaram tudo.

– Me desculpe, Ammi – replica Harun. – Não posso fazer isso.

Então, no silêncio que se segue, enquanto as lacunas vão sendo preenchidas, as suspeitas, confirmadas, enquanto as criaturas emergem de seus esconderijos, Harun acredita que vai valer a pena, seja lá o que aconteça em seguida.

Ele lhe apontará uma saída.

– Por que você não pode fazer isso? – pergunta Ammi.

O silêncio é terrível. Harun não tem forças para falar. Então é Halima quem responde:

– Porque ele é gay.

Saif solta uma gargalhada.

– Espera aí, Harun é veado?

– Não fale assim! – exclama Halima.

– Não estou entendendo – retruca Ammi.

– Eu sei que não – diz Halima, afagando-lhe a mão. – Harun gosta de rapazes, não de moças. Como Assad Khan.

– O ator? – indaga Ammi, ainda mais confusa.

– É. E sabe a filha da tia Zahar, Na'ila? Ela é lésbica.

– Vocês passaram esse tempo todo me enchendo o saco por eu ter me casado com Leesa, mas Harun é um *chaka* – diz Saif, xingando em urdu. – Eu sabia. Cacete, eu sabia.

– Se você sabia, por que não disse nada?! – grita Harun. – Por que me deixou carregar esse fardo sozinho?

• • •

O irmão de Harun está gritando. A mãe está chorando. E agora a admirável Freya está chorando também.

Nathaniel assiste a tudo horrorizado, petrificado de terror. Foi ele quem fez isso. Não sabe como, mas sabe que causou. Tudo estava indo bem, com alegria, até que ele apareceu, e agora esta família se despedaça. Diante de seus olhos. Da mesma forma que aconteceu com a sua própria.

Eu provoquei isso, pensa Nathaniel. Não são as outras pessoas. É ele. Ele é a pílula de veneno. É ele quem faz tudo desmoronar, faz as pessoas desaparecerem, uma após a outra. Quem transforma tudo em cinzas. Não admira que todo mundo fuja dele.

Só nós, camarada. Uma sociedade de dois.

Seu pai é o único que ele compreende, que o compreende. O único que o protege. A única pessoa a quem Nathaniel algum dia se conectou. O que Nathaniel estava pensando? Jogos semanais? Jantares em família? Beijar garotas como Freya? Planos C? *Mais tarde*?

Não existe *mais tarde*. Foi esse o objetivo de sua ida até lá. Aniquilar a possibilidade, decapitar a esperança de um *mais tarde.*

Seu coração dispara, a terra se abre. Já engoliu tudo que ele conhece, tudo que ele toca. Está vindo para buscá-lo.

Ele está tão cansado...

Está quase lá, camarada.

• • •

– Eu não entendo – continua repetindo Ammi, aos prantos, o que já é ruim demais.

– Você nos enganou? – indaga Abu, num tom agudo, como se não acreditasse que Harun fosse capaz de tal coisa.

É nesse momento que seu coração defeituoso se desintegra de uma vez por todas.

– Não foi minha intenção – responde Harun. – Eu nunca quis nada disso... – Ele aponta para a mesa. – Eu estava tentando poupar vocês.

– Nos poupar de quê? – pergunta Abu.

Ele abraça Ammi para protegê-la de Harun, percebe o garoto.

– Disso.

• • •

Nathaniel agarra sua mochila. O conteúdo se espalha no chão. Ele não recolhe nada, exceto por um livro grosso, que agarra antes de correr em direção à porta.

– Nathaniel! – grita Freya. – Espere!

Ele não ouve. Sai em disparada, os olhos arregalados, mas sem ver nada de fato.

– Nathaniel! – repete Freya. – Olhe para mim.

Ele não obedece. Ele não a vê.

Freya estende o braço para pegar a mão dele. Ele a puxa de volta, com violência, e Freya perde o equilíbrio pela segunda vez naquele dia. Agora, porém, não há Nathaniel para aparar a queda.

• • •

Harun avalia os destroços da própria família. Ammi correu para o andar de cima; Halima e Abu foram atrás. Saif tem o olhar parado. Abdullah não o encara. Ainda assim, é a visão de Freya e Nathaniel que ameaça desintegrá-lo. Antes deste momento, Harun achava que nada poderia ser tão devastador quanto o olhar de James ao chamá-lo de covarde e ao dizer *sai da minha vida, merda.* No entanto, o semblante de Nathaniel ao disparar da sala de jantar, empurrando Freya no chão... é ainda pior.

Quem além de um covarde usaria estranhos para fazer um trabalho tão sujo? Quem além de um covarde pensaria que isso era fazer as coisas direito?

A ORDEM DA PERDA
PARTE IX

NATHANIEL

Sabe a história do sapo na panela? De que, se colocarmos um sapo numa panela de água fervente, ele pula para fora, mas se a água estiver em temperatura ambiente e for esquentando devagar, o sapo se adapta, e se adapta, até morrer?

Um dia papai resolveu fazer esse experimento para ver se era verdade. Pegou um sapo no córrego, colocou-o dentro de uma panela cheia d'água e acendeu o fogo baixo. Plantou-se em frente ao fogão, conversando com o sapo. Estava convencido de que ele saltaria assim que a água atingisse uma temperatura desconfortável, mas o bicho permaneceu ali dentro, dócil, nadando.

Quando o sapo parou de nadar, papai o tirou da água e o devolveu à grama, mas o animal já estava morto. Meu pai pareceu surpreso por tê-lo matado. A água não estava fervendo, só muito quente. Ele se calou, pensativo, então se trancou no quarto por várias horas. Ao sair, estava pálido. "Não foi minha intenção", sussurrou.

• • •

Percebi que eu era o sapo na panela. Tive a vida inteira para me dar conta, mas só naquelas duas semanas sozinho percebi que já havia sido cozido.

Duas semanas podem não parecer muito tempo, mas experimente passar esse tempo solitário numa casa. Completamente solitário. Sem TV. Sem telefonemas. Sem visitas do carteiro. Nada.

Eu passei.

Achei que o mundo tinha acabado.

E tinha.

Esperei que alguém viesse, que alguém me ligasse.

Ninguém veio.

Do lado de fora, a chuva seguia implacável. Bíblica. Se não cessasse, eu ia começar a achar que a casa inteira seria arrastada, engolida por um buraco na terra, sem deixar rastros de sua existência. Apenas floresta. E sapos.

Talvez fosse o mais correto.

Alguns anos antes, meu pai assistira a um documentário sobre o Juízo Final e mergulhara na paranoia de sobrevivência, preparando a casa para todo tipo de catástrofe. Encomendou um monte de comida desidratada, galões de água, sucos e frutas enlatadas, barras de granola, latões industriais de pasta de amendoim. "O suficiente para sobrevivermos por um mês", disse ele.

Achei que fosse sua costumeira impulsividade. Achei que fosse coisa do papai. Achei que a comida fosse passar décadas acumulando poeira no porão. Nunca achei que fosse comer.

Mas comi. Passei duas semanas à base daquela comida armazenada. No entanto, não sei ao certo se sobrevivi.

• • •

Duas semanas sozinho numa casa. Isso transforma uma pessoa.

Todos aqueles anos sozinho numa casa com meu pai. Isso também transforma uma pessoa.

Me dei conta enquanto vagava pela casa à espera de um telefonema, de uma visita, de alguém que chamasse meu nome.

Ninguém chamou. Por que chamariam? Eu já estava morto.

• • •

Enquanto a chuva seguia caindo, o telefone seguia sem tocar, e a campainha da porta seguia em silêncio, fui remexer as coisas do meu pai. Sem ele ali para contextualizar tudo, para tornar tudo, senão normal, pelo menos peculiar, ou típico do *papai*, compreendi que já fazia um tempo que a água estava fervendo.

Debaixo da cama dele, encontrei o esconderijo dos estabilizadores de humor, os remédios que mamãe insistira para que ele tomasse se quisesse ter minha guarda depois da morte de Mary, os remédios que eu pegava na farmácia todo mês, religiosamente. Toda noite eu lhe servia um copo d'água para que os tomasse. E ele os escondia. Durante anos, ao que parecia.

Junto à caixa dos remédios jazia a antiga maleta de Mary. Dentro, estavam os cadernos onde ele escrevia suas teorias, coletadas nos documentários assistidos ao longo dos anos. Os sapos curativos das árvores e sua absoluta certeza de que a cura para o câncer da vovó estava em nossa floresta. O homem que escreveu o romance mais longo da história, descoberto anos após sua morte. Um sobre paranormalidade, outro sobre turismo suicida, outro sobre o homem cego que enxergava. Havia páginas e páginas de anotações, desenhos, citações. Parecia bem normal. Parecia bem o papai. Até que cheguei aos rabiscos sobre as pessoas que haviam aprendido a utilizar cem por cento de sua capacidade cerebral.

Papai tinha escrito páginas e páginas sobre esse documentário em particular. Segundo as anotações, a maioria dos humanos utilizava apenas dez por centro da capacidade, mas as pessoas naquele programa haviam conquistado a habilidade de acessar quase cem por cento do cérebro, adquirindo poderes sobre-humanos, como voar e aprender dezenas de idiomas. *Se as portas da percepção fossem desembaçadas, o homem veria tudo como é: infinito*, escrevera papai.

Lembrei quando ouvi isso dele pela primeira vez; foi ao adentrarmos a floresta vendados, em busca da visão ilimitada. Eu sabia que minha vida tinha mudado aquele dia; porém demorei a compreender que a dele também.

Muitos dos filmes que papai via eram repletos de teorias da conspiração, por isso parei de acompanhá-los. Esse parecera particularmente esquisito – mas também familiar. Tentei me lembrar. Quando consegui, percebi que não era um documentário: era um filme de ficção científica.

Pouco depois, encontrei seu exemplar de *O Senhor dos Anéis*. As páginas estavam escurecidas com passagens sublinhadas, cheias de rabiscos e símbolos, teorias anotadas nas margens, ideias épicas sobre a localização da Terra Média. Meu pai teria perdido a capacidade de distinguir uma ficção científica de um documentário, o real do imaginário, a Terra Média do planeta Terra? Será que em algum momento ele teve essa capacidade, para início de conversa?

Sociedade de dois.

E eu tinha?

Só nós, camarada.

Era difícil ler o livro com tantos rabiscos, mas, enquanto a chuva caía, eu me forcei. Li do início ao fim, em voz alta, como meu pai costumava fazer comigo, tantos anos antes.

Ele levara seis meses para ler para mim. Eu levei cinco dias para ler para ele.

A chuva continuou caindo. A água continuou fervendo.

• • •

Durante toda a minha leitura, choveu. Só quando cheguei ao finalzinho, quando Sauron é derrotado e Frodo e Bilbo deixam o Condado, a chuva começou a se transformar em garoa.

Na última página, parei por um instante. Minha voz estava rouca. Meus nervos estavam em frangalhos. Meu coração estava despedaçado. Então, por um momento, fui transportado de volta ao dia em que terminamos a história pela primeira vez, antes de mamãe ir embora, antes de vovó morrer.

– Por que Frodo tem que partir? – eu perguntara ao meu pai, insatisfeito com a dissolução da sociedade. – Por que Sam não pode ir junto?

– Por que Frodo está destruído de um jeito que Sam não está – respondeu ele.

– Por quê?

– Por causa do belo e terrível fardo do Um Anel.

– Aonde Frodo está indo?

– Para oeste. Para as Terras Imortais.

– Ele vai até lá para não morrer?

– Acho que é para poder se curar.

– A gente pode ir para lá?

– Um dia. Se for preciso.

• • •

Eu larguei o livro. Andei até o armário do meu pai, corri os dedos pela lista já desbotada. Os lugares estavam todos lá. Nova York. Rivendell. Monte Denali. O Condado. Angkor Wat. As Terras Imortais. Dezenas de lugares, uns reais, outros fictícios. Não tínhamos ido a nenhum deles.

Junto à lista havia um espelho, velho e arranhado. Dei uma olhada em meu reflexo. Havia duas semanas não tomava banho, não fazia a barba nem trocava de roupa.

Eu parecia um selvagem. Parecia um louco. Parecia meu pai.

• • •

A chuva parou. Liguei para a companhia aérea.

• • •

Reuni todos os cadernos do papai e fui até a floresta, ao lugar onde havíamos espalhado as cinzas da vovó Mary, onde havíamos enterrado os pássaros que não tínhamos conseguido salvar e o sapo que não pretendíamos ferver, o local onde papai tentara encontrar a visão ilimitada e onde eu perdera metade da minha. Arranquei uma única página de um dos cadernos e empilhei todos os outros. Taquei fogo neles. As chamas dançavam e chiavam, a terra úmida soltando vapor. Os cadernos, como tudo o mais, se tornaram pó.

Tomei banho. Fiz a barba. Troquei de roupa. Esvaziei a geladeira. Enchi uma pequena mochila com mudas de roupa desnecessárias, além do exemplar de *O Senhor dos Anéis* do papai. Botei a chave sob o capacho. Percorri o caminho que levava até a casa pela última vez. Andei 3 quilômetros até o ponto. O ônibus estava cheio de gente, mas eu já não me sentia gente. Meu eixo havia mudado. Eu era invisível. Já estava nas Terras Imortais.

Fui ao banco e saquei o resto do dinheiro que vovó Mary deixara para mim. Fui à biblioteca e peguei emprestado um guia de viagem antigo que sabia que jamais devolveria. Joguei meu cartão da biblioteca no lixo. Peguei outro ônibus até o aeroporto. Enquanto o avião sobrevoava árvores, nuvens e montanhas, não olhei para baixo.

7

ENGOLIR OS SEGREDOS

Freya percorre ruas desconhecidas, cruza portas de casas modestas e reservadas, árvores florescendo de maneira fantasmagórica sob a quieta noite enluarada. Ela chama: *Nathaniel. Nathaniel. Nathaniel.*

• • •

No silêncio que se abateu sobre a sala de jantar, Harun ouve Freya chamando por Nathaniel. Os gritos se misturam ao choro abafado de Ammi no andar de cima e às inaudíveis palavras de conforto de Halima.

Havia tanta gente ali – seus pais, irmãos, amigos – e agora não resta ninguém além dele e de Abdullah, que tinha os olhos cravados na mesa, como se desviá-los lhe custasse algo precioso.

– Abdullah – diz Harun. – O que eu faço?

Seu irmão não vai ajudá-lo. Não consegue nem encará-lo.

É isto o que ele sabia que aconteceria, o que temia que ocorresse: ser banido, ficar sozinho. A previsão, no entanto, não o preparou. A bofetada da aflição é tão poderosa que separa Harun do próprio corpo; ele flutua, observando a si próprio enquanto pega do chão a mochila de Nathaniel e abre a porta da frente da única casa que conheceu. Antes de fechá-la, vira-se para o irmão.

– Antigamente eu queria ser piloto. Você sabia disso?

Abdullah não responde. Porque ele, naturalmente, não sabia.

• • •

Freya para em frente a uma concessionária fechada, meio desorientada. *Como vim parar aqui?*, pergunta a si mesma, pela terceira vez naquele dia. Então se lembra: Harun, Nathaniel. Ela se orienta novamente. Continua procurando.

• • •

Fora de casa, Harun caminha pelo quarteirão, passando pelas outras residências. Através das cortinas, se irradia o brilho de lâmpadas quentes e o azul das TVs. Lugares que abrigam famílias ainda intactas. Ele ouve o triste lamento de Freya: *Nathaniel!*

Harun testemunhou os dois se apaixonarem, ao mesmo tempo que se apaixonava por eles. As pessoas acham que o amor não acontece com esta velocidade, mas ele amou James no instante em que o viu.

– Nathaniel! – chama Freya.

Harun prende a respiração, esperando a resposta de Nathaniel.

• • •

Nathaniel não responde. Como poderia? Ele não é capaz de ouvir. Não pode ver nem ser visto. Seu mundo entrou em colapso outra vez; um buraco negro sugou todo o espaço onde a luz, o amor e o *mais tarde* poderiam existir.

Só há vazio.

Só nós, camarada.

Como sempre foi. Como sempre será.

• • •

Freya retorna à casa de Harun. Halima está sentada nos degraus de cimento junto à entrada de carros.

– Encontrou Nathaniel? – indaga Halima.

Freya balança a cabeça. Não o encontrou. Não o avisou. Não lhe devolveu a nota de 50 dólares, e agora ele está por aí, sozinho e sem dinheiro.

– Tudo bem com Harun? – pergunta ela.

– Não sei. – A cabeça de Halima desaba. – Quando eu desci ele tinha sumido. Não atende o celular.

– Será que ele foi atrás do James?

– Duvido.

Diante da resposta de Halima, certas coisas ficam claras para ela. Harun não falou com James o dia todo, apesar de Freya supostamente ser sua cantora favorita.

– Acho que eles brigaram – explica Halima. – Quer dizer, não sei direito. Ele nunca me contou. Mas eu suspeitava que ele fosse gay, e imaginava que ele tivesse alguém, daí uma vez eu o segui até a cidade e o vi encontrar um garoto.

– James?

– Acho que sim. Nunca contei nada a ele. Nem quando toda essa história de casamento surgiu e eu soube que havia algo errado. – Ela põe as mãos no rosto. – Eu nunca disse que sabia que ele era gay. Deixei que ele atravessasse tudo isso sozinho. – Ela encara Freya, os olhos tão sérios, tão parecidos com os do irmão. – Acho que falhei com ele.

– Acho que eu também – diz Freya.

Halima seca uma lágrima desgarrada.

– Eu não devia dirigir à noite, mas vou atrás dele. Talvez ele tenha ido à estação de trem. Não é muito longe. Vem comigo?

– Claro.

As duas entram no carro e seguem devagar pela Sip Avenue. As lojas estão todas fechadas. Não há quase ninguém na rua. É como se a noite tivesse engolido todos, com todos os seus segredos.

Ao chegarem à Journal Square, Halima suspira.

– Talvez seja melhor eu ficar em casa, para caso ele volte.

– Ok – concorda Freya, sem saber aonde ir. – Acho que vou descer aqui. Talvez dê de cara com ele no trem.

Só que ela duvida. O encontro deles havia sido... Ela não sabe a palavra certa. Sorte? Destino? Milagre? Seja qual for o nome, Freya sabe muito bem que é o tipo de coisa que não acontece nem duas vezes na vida, que dirá no mesmo dia.

– Se ele entrar em contato... – começa Halima.

– Não tem como – responde Freya. – A gente se conheceu hoje. Ele nem tem meu telefone.

– Então me passe seu contato. Eu mando o seu número para ele por mensagem de texto, e dou o dele para você. Você pode me ligar se tiver notícias, e eu faço o mesmo.

– Beleza.

Freya dita o número a Halima. Abre a porta do carro.

– Se você o encontrar, diga que... – A voz de Halima vai morrendo. Ela aponta para trás, em direção às ruas tranquilas, à própria casa. – Meus pais precisam de tempo. Achavam que ele estava indo procurar uma esposa no Paquistão. Estão em choque. Mas eles o amam. Só precisam de tempo.

– Você acha? – indaga Freya.

O tempo poderia curar tudo? Ou certas coisas se quebravam de maneira irreparável?

– Eu não sei – admite Halima. – Mas, se eles se acostumaram com Leesa, podem se acostumar com qualquer um.

Freya dá uma risadinha pesarosa.

– Muito justo.

Halima se aproxima para abraçar Freya.

– Eu estava animada para aprender a cozinhar com você – sussurra ela no ouvido de Freya. – Sempre quis uma irmã.

– Eu também.

A ORDEM DA PERDA
PARTE X

FREYA

A primeira coisa que Hayden fez ao assumir foi discretamente renomear o canal das Irmãs K para canal de Freya K e, alguns meses depois, sem alarde, abandonar o K. Foi simples assim tirar minha irmã da jogada.

Eu continuei gravando músicas e fazendo vídeos, embora agora tudo fosse produzido pela equipe dele. A princípio não pareciam tão diferentes dos que Sabrina e eu fazíamos. Eram divulgados toda terça, como sempre.

A cada nova publicação, porém, Hayden apagava alguns vídeos das Irmãs K. Se fosse algo gradual, dizia ele, os fãs nem perceberiam. "Se aumentarmos o fogo devagar", dizia ele, "os sapos não percebem que a água está fervendo." Ele me olhou. "Daqui a pouco ninguém vai se lembrar de que as Irmãs K um dia existiram."

Àquele ponto, eu me perguntava se minha irmã se lembrava da minha existência. Sabrina não dissera uma palavra quando mamãe anunciou que eu trabalharia com Hayden sozinha. Nem demonstrara tanta surpresa, sem dúvida por ter sido consultada previamente.

Ela não me mandou uma palavra atravessada. Não me acusou de traí-la nem de trair sua confiança. Não gritou comigo nem me chamou de vaca. Na verdade, estava até mais bondosa e agradável do que nunca. No entanto, dois meses depois de assinarmos o contrato com

Hayden, ela se mudou para o interior do estado para concluir a faculdade e não voltou para casa nem falou comigo desde então.

Pouco a pouco, Hayden começou a mudar o som e a aparência dos meus vídeos, que se tornaram cada vez mais arrojados – assim como eu –, transformando o que ele chamava, com desprezo, de "cantora cover suburbana" em algo mais irascível, glamouroso, passional. "Não estou mudando você", dizia ele. "Estou te revelando."

Nós morávamos em White Plains, mas um ano depois nos mudamos para Williamsburg, área mais perto do escritório dele e mais alinhada com a minha marca. Hayden sublocava um apartamento mobiliado onde poderíamos morar pagando pouco. Mamãe se desfez do apartamento em que eu havia crescido, e a família que um dia tínhamos sido se desvaneceu por completo.

• • •

Hayden foi fiel ao plano de dois anos com a precisão de um trem alemão. Depois de um ano construindo minha marca, me dando visibilidade e me transformando numa mercadoria, lançamos o primeiro single e removemos quase todos os trabalhos anteriores do SoundCloud. "Temos que acostumar os fãs a pagarem seu pão", dizia ele.

Alguns fãs reclamaram, me acusaram de vendida. Alguns perguntaram o que havia acontecido a Sabrina. *Sua irmã morreu?* Porém, esses comentários foram se tornando minoria à medida que eu era descoberta por mais fãs que nunca tinham ouvido falar de Sabrina.

Eu era o talento, segundo me falavam, porque era a voz. No entanto, Hayden é que era a verdadeira voz. O empresário ditava as ligações, meu visual, meu som. Ele mandava em tudo. Quando chegou o momento das gravações, contratou uma equipe de compositores para criar o que afirmava que seria um álbum melancólico, atmosférico e – sem toque de ironia – confessional. Contratou um diretor que ia gravando vários vídeos ao mesmo tempo para solidificar a marca.

"As pessoas querem ver seu eu verdadeiro", dizia ele. "E a gente vai mostrar isso para elas."

Ele me apresentou uma lista das músicas escolhidas para gravação. Doze haviam sido escritas pela equipe. A décima terceira, porém, era a minha música: "Vestidinho branco".

"Cante para mim uma música que comprove", ordenara Hayden quando fechei a porta de sua sala naquele fatídico dia.

Sabrina havia acabado de cantar "Tschay Hailu" e, ao emergir da sala, não me olhou nos olhos, dissipando qualquer dúvida que eu pudesse ter em relação ao que ela fizera.

"Comprove o quê?", indaguei.

"Que *você* é a única que eu quero."

Essa foi a primeira e única vez que cantei "Vestidinho branco" para ele.

– "Vestidinho branco"? – perguntei a ele dois anos depois, encarando a lista. – Como é que eu posso gravar isso?

– Como é que você pode *não* gravar isso?

Ele me olhou durante um segundo silencioso e desconfortável. Não conhecia a história da música, só sabia que eu a cantara para ele, sufocando as lágrimas, enquanto pensava que, se Sabrina tinha me traído, eu a trairia também. Hayden teria visto o punhal sangrento na minha mão? Teria sido ele a me entregar o punhal, em primeiro lugar?

– Vai ter que ser reescrita, claro – disse ele, pegando a lista de volta. – Mas eu amo essa música.

• • •

Quando a equipe terminou, a música estava radicalmente diferente. O que antes eram apenas vocais e percussão fora preenchido com instrumentais exuberantes. A letra tinha sido reescrita e agora era uma canção de amor raivosa. O amárico havia desaparecido. O DNA da música, contudo, ainda permanecia. A melodia era minha. E a história por detrás – para o bem ou para o mal – ainda era minha.

Estávamos no estúdio fazia três semanas quando chegou o dia dessa gravação. O dia começou bastante normal. Acordei às oito, pratiquei ioga, tomei um café da manhã leve, aprovado por uma nutricionista, bebi um chá de ervas (nada de café em dia de gravação, pois irritava a garganta, embora Hayden às vezes me desse um tablete de cafeína para compensar). Fiz um gargarejo com água e bicarbonato. Aqueci a voz com toda a dedicação no banco de trás do carro que Hayden mandara para nos levar ao estúdio.

O estúdio já estava lotado – mais que o habitual. Além de Hayden, seus assistentes e engenheiros de som, havia um grupo de executivos de gravadoras e outras pessoas que eu não conhecia. Estavam todos espremidos ao redor de um monitor.

– Freya, olhe – disse mamãe. – Prepararam uns esboços para a arte.

– Não se apeguem demais – advertiu Hayden. – São só ideias.

Espiei as imagens. Partes do corpo em preto e branco, provocativas, metade do rosto aparecendo. O nome *Freya* em maiúsculas. Não me reconheci. Eu era Freya Kebede. Irmãs K. Agora era apenas *Freya*, um animal exótico com partes do corpo iluminadas.

– Vamos ao trabalho – disse Hayden.

Costumávamos fazer uma ou duas passadas de aquecimento, depois começávamos a gravar. Às vezes Hayden parava no meio e fazia observações: *mais suave aqui, essa nota mais forte.* Dessa vez, no entanto, ficou balançando a cabeça.

– Não – dizia ele, sem cessar. – Ainda não está lá. Não chegou nem perto.

Isso durou a manhã inteira. No intervalo do almoço, Hayden pediu que todos saíssem da cabine e entrou no estúdio para falar comigo a sós. Passou um tempo calado, só me encarando. Eu olhei ao redor, procurando minha mãe, um assistente, qualquer pessoa. Mas haviam me deixado sozinha com ele.

– Freya, olhe para mim.

Eu me forcei a encará-lo.

– Você não está dando o que eu quero.

– Estou fazendo o que sempre fiz. Não sei o que você quer.

– Eu quero você. Quero seu verdadeiro eu.

Quem era eu? A garota que tinha nascido cantando? A garota que havia traído a irmã? A garota que podia ser a próxima Lulia? A garota em pedaços na tela do computador?

– Eu não sei quem é.

– *Eu* sei quem é – retrucou Hayden, batendo no próprio peito. – Eu sempre soube. Foi por isso que escolhi você. Então me dê o que eu quero.

– Acabei de dizer que não sei o que você quer. Mais intensidade? Mais murmúrios? Mais volume? Me diga.

De dentro da cabine vi Nick, o engenheiro, retornar. Ele apertou o interfone.

– Temos umas tomadas bem boas, Hayden. De repente ela pode jogar uns versos e a gente põe na mixagem.

– Quando eu quiser sua opinião, eu peço – disse Hayden a Nick. Virou-se de volta para mim. – Essa música não pode ser feita aos pedaços, Freya. Essa música só funciona se ouvirmos suas entranhas expostas, seu peito escancarado. Então cave bem fundo e dê um jeito e cante essa porra dessa música como você cantou na minha sala.

Hayden retornou à mesa de som, sentando-se ao lado de um Nick agora carrancudo. Eu pus os fones de ouvido outra vez e cantei. Cantei com as entranhas. Encrueci minha voz, voltando no tempo, ano a ano, sob todas as camadas de verniz, sob todas as promessas não cumpridas, escavando até encontrar a garota que nascera cantando. Cantei com intensidade, cantei até despedaçar meu coração à procura daquela garota. Eu a encontrei? Ela algum dia havia existido?

Já estava escuro quando finalizei a última e mais dolorosa tomada. Hayden saiu da cabine batendo palmas lentamente. Ele sorria, orgulhoso, quase paternal.

– Essa é a música que vai te tornar famosa.

8

O JEITO DE SABRINA

Freya sempre soube onde encontrar Sabrina.

Quando a irmã se mudou para a universidade, no interior do estado, Freya pesquisou-a na internet. Passou horas no site da faculdade, imaginou a irmã morando num dos dormitórios, ou fazendo anotações durante as aulas, ou tocando piano – se é que ainda tocava – nas salas de música.

Quando Sabrina se formou, Freya sabia que ela havia se mudado para a cidade, embora no canto oposto ao dela.

Freya já mapeou diversas vezes o caminho de seu apartamento em Williamsburg até o de Sabrina, no Harlem. Linha L até a linha A até a 45th Street. Uma hora, de porta a porta, segundo o Google Maps. Então, embora nunca tenha ido até lá, ela conhece o caminho.

No exterior do edifício, o coração de Freya pulsa, uma batida constante e percussiva. Ela procura o nome da irmã no interfone, e lá está: *Kebede/Takashida.*

(Ela aceitou!)

Alguém sai do prédio e Freya aproveita para entrar sem interfonar. O apartamento é no sexto andar. O elevador sobe barulhento, *ba-bum, ba-bum*, ecoando o coração pesado de Freya. Sua mão trêmula bate à porta.

Quem atende é um homem alto, magro, de feições delicadas e ar professoral: Alex Takashida em carne e osso.

– Pois não?

A língua de Freya subitamente trava, incapaz não apenas de cantar, mas de falar. Por que ela está ali? Acha que roubar uma música de Hayden, a música que Sabrina sempre odiou, desfaria alguma coisa? Achava que um abraço na irmã de Harun devolveria a sua própria?

– Estou procurando minha mãe – Freya enfim consegue dizer.

Por detrás dos óculos, Alex estreita os olhos para ela. Ocorre a Freya que ele talvez nem saiba quem ela é. Ao se reunir pela primeira vez com um *media trainer* para ensaiar as formas de abordagem a diversos aspectos de sua vida, ela perguntou: "O que eu falo sobre minha irmã?", e o homem respondeu: "Que irmã?"

Será que este homem que vai se casar com a irmã de Freya nem sequer sabe que ela existe? Será que Sabrina apagou Freya dos registros?

E Freya não fez exatamente o mesmo?

– Claro – diz Alex. – Pode entrar.

Freya adentra um apartamento gracioso, todo de piso de madeira de lei, janelas de cristal de chumbo, com vista para as copas das árvores. Há um piano no canto, partituras e lápis sobre a mesa. Ao contrário do apartamento onde ela morou no último ano, que já viera mobiliado, com toalhas no banheiro, pratos nos armários da cozinha e um piano que não viu uma composição nova durante a estadia de Freya, este apartamento parece de fato habitado por gente.

– Vou chamar a Sabrina – diz Alex.

Num contexto diferente, Freya poderia não ter reconhecido a irmã. Tem o rosto mais fino, os cabelos, sempre compridos, agora ostentam um corte bem curtinho. Acentua seus ângulos. Realça os olhos. Ela parece, Freya percebe, mais com seu pai.

– Veio atrás da mamãe? – pergunta Sabrina, depois de uma ínfima pausa. Ela balança a cabeça. – Que apropriado. Ela está procurando você.

– Por quê?

Alex e Sabrina trocam um daqueles olhares silenciosos, porém expressivos. Freya sente uma dor, o antigo desejo de ter alguém que a compreenda dessa maneira.

– Ela estava preocupada – responde Alex.

– Mas por quê?

Sabrina franze a testa.

– Você não respondeu a nenhuma chamada, nem mensagem. Ela rastreou seu telefone e ele estava parado no Central Park, daí depois aparece a cobrança de uma clínica de emergência no cartão de crédito. Então ela pensou que você tinha sofrido um acidente. Ou machucado a si mesma. Ela acionou a polícia.

O quê? Isso não fazia sentido. A mãe de Freya passou o dia sem telefonar. Ninguém ligou para ela.

Freya pega o celular. Percebe que é a primeira vez que faz isso desde o restaurante, várias horas atrás. Se passa mais de alguns minutos sem mexer no aparelho, a tela inicial explode de mensagens e alertas, mas agora não há nada. Ela pressiona o botão principal, e nada acontece.

Pede a Sabrina que ligue para seu celular. Sabrina liga, mas o telefone nas mãos de Freya permanece escuro. E de repente tudo faz sentido.

– Ai, eu deixei o celular cair no parque – diz à irmã. – Por isso o GPS está parado lá.

– Talvez tenha deslocado a antena – comenta Alex. – Posso dar uma olhada.

– Ah, obrigada.

Freya entrega o telefone a Alex, que se retira, provavelmente aliviado por se afastar do drama familiar – ela não o pode culpar.

– Você deveria ligar para a mamãe – diz Sabrina, entregando-lhe o próprio celular. – Ela surtou.

Freya balança a cabeça. Se ligar para a mãe, vai acabar falando com Hayden, e cansou de ser empresariada.

– Você poderia só avisar a ela que não estou morta?

Sabrina digita no telefone. A resposta chega quase na mesma hora.

– Ela quer que você ligue para ela – diz Sabrina, lendo assim que a mensagem chega. – Agora. Disse que é urgente. Disse que Hayden ligou e...

– Para! – A voz de Freya é alta e firme, e pela primeira vez Sabrina a escuta de verdade. – Não vim aqui para falar com a mamãe.

– Sei.

Sabrina larga o celular e caminha até a mesa de jantar, onde há uma garrafa de vinho aberta. Serve uma taça para si mesma.

– Então *por que* você veio? – pergunta ela.

Freya não tem resposta. Só sabe que, depois de tudo que aconteceu hoje – o médico milagroso, Hayden, Harun e Nathaniel –, ela precisa estar ali.

– Vim te dar os parabéns – solta Freya. – Pelo noivado.

Para sua surpresa, a frase é sincera. Ela está feliz por Sabrina estar feliz.

Sabrina estende a mão e o diminuto anel de noivado projeta prismas na parede. Ela se deleita – menos com anel, ao que parece, do que com a própria sorte.

– Obrigada – sussurra ela e baixa as mãos ao colo. – Mamãe te contou?

– Faz dois anos que mamãe não me conta nada de você. Eu vi no Facebook.

– Eu não postei nada.

– Alex postou. "Ela aceitou!"

– Ah. – Sabrina abre um sorriso complacente em direção ao quarto onde Alex tenta consertar o telefone. Então olha para Freya. – Ainda perseguindo fantasmas no Facebook?

– Só o seu.

Sabrina ergue uma sobrancelha, surpresa.

– Por quê?

– Por quê? Está de brincadeira? Você é minha irmã. Pelo menos acho que você ainda é minha irmã.

– Eu não sei. Sou? – indaga Sabrina, a voz hesitante, como se de fato não soubesse.

Isso causa um baque em Freya. Ela está acostumada à Sabrina de granito. Foi até lá pronta para confrontá-la. Agora não sabe o que fazer diante dessa Sabrina delicada, insegura.

– Você tem notícias dele? – pergunta Sabrina.

– De quem?

O revirar de olhos da irmã é, pelo menos, familiar e reconfortante.

– Do papai.

Não "Solomon", mas "papai".

– Faz um tempo que não. E você?

– Não. Mas eu não sou você.

– O que você quer dizer?

– Eu não sou mais famosa. Ou quase famosa.

– Nem eu.

– É sem dúvida famosa o suficiente para chamar a atenção dele.

Há dor nos olhos da irmã, e Freya se pergunta qual delas passou todos aqueles anos tentando chamar a atenção do pai.

Freya dá de ombros.

– Eu não sou famosa e, se sou quase famosa, não será por muito tempo.

– Como assim? Você não está prestes a estourar?

Sabrina faz um gesto de explosão com as mãos, idêntico ao que Hayden fez para elas anos atrás.

– Mamãe não contou?

– Contou o quê?

– Deixa pra lá. – Ela encara Sabrina e respira fundo. É agora ou nunca. – Por que você cantou "Tschay Hailu" na sala de Hayden aquele dia?

No instante em que vê a irmã empalidecer, Freya compreende que não é a única que repassou mentalmente aquele dia sem parar.

Sabrina se levanta para encher outra vez a taça de vinho e serve uma a Freya.

– Você sabe o que Hayden me disse na sala dele aquele dia? – pergunta ela, entregando o vinho a Freya.

– Como é que eu vou saber?

– Achei que de repente ele pudesse ter te contado. – Sabrina balança a cabeça. – Por outro lado, por que contaria?

– O que ele falou?

– Falou que eu tinha uma bela voz, talvez até melhor que a sua, e que eu havia composto uma música decente, mas que ele não estava interessado em mim, só em você. Eu perguntei por quê. Ele tinha acabado de dizer que eu cantava melhor que você, e nós duas sabemos que eu escrevia músicas melhores. Ele foi bem direto: falou que eu não era interessante o bastante, nem especial o bastante, nem ambiciosa o bastante.

Com lágrimas nos olhos, Sabrina continua:

– E não é como se eu não soubesse. Eu já tinha visto como os fãs reagiam a você. Já tinha visto quanto você precisava daquilo. Mas fiquei tão irritada... Então disse a Hayden que ele havia entendido tudo errado. Você não era ambiciosa. Você estava desesperada. Contei que o nosso pai tinha enfiado na sua cabeça uma história sobre você ter nascido cantando e depois desapareceu, deixando você com nada além daquele falso legado e um patético vestidinho branco. Contei que cada música que você cantava, daquele primeiro vídeo viral até "Vestidinho branco", era na verdade uma nova tentativa de reconquistá-lo.

Respirando fundo, ela prosseguiu:

– Ele não sabia do vídeo original e perguntou que música era essa. Eu cantei. Quando terminei, ele me olhou e disse: "De onde você acha que vem a ambição? Vem do desespero." E ponto final. Ele me agradeceu. Afirmou que eu havia ajudado muito. E percebi o que eu tinha feito. Hayden era um tubarão rondando você. Eu apenas espalhara o sangue na água. Mas, antes que eu pudesse consertar o erro, ou te avisar, ele te chamou na sala.

– E eu cantei "Vestidinho branco".
– E você cantou "Vestidinho branco".
– Eu te traí.
– Só porque eu te traí primeiro.
– Você já escutou essa música, Sabrina?
– Claro que já ouvi.
– Eu sei que você já ouviu, mas não acho que tenha *escutado*.
– Qual é a diferença? – Sabrina revira os olhos.

A diferença é abissal. Freya não sabe explicar, então, em vez disso, ela canta o que não consegue dizer, canta o que a irmã não consegue escutar:

Pode confessar
Sou um caos incandescente
E preciso te ter aqui
Preciso te ter por perto, para abrandar o medo

A voz de Freya está estrangulada, tão ruim quanto aquele dia no estúdio, tão ruim quanto todos os dias desde então. Ela segue em frente:

Eu fiz o que prometi
Cantei o que não podia dizer
Você é um espinho em mim
Mas é te amando que sobrevivo

Eu só disse que queria
Um vestidinho, um vestidinho branco
Eu só disse que precisava
De um vestidinho, um vestidinho branco

Você lembra da nossa canção?
Eshurururuuru, eshurururuuru

Eshururururu, hushabye, hushabye, hushabye
Embora eu te atormente
Sendo um caos incandescente
Sempre preferi você
A um vestidinho branco

A música em nada se parece com a que foi gravada no estúdio, nem com a gravada no iPhone de Freya tantos anos atrás. Em nada se parece com a que ela entoou à irmã pela primeira vez, tentando cantar o que não podia dizer: *Não me deixe só. Preciso de você. Eu te amo.*

Talvez, no entanto, a canção deva ser cantada assim. Pois, pela primeira vez, Sabrina parece escutar.

Seu queixo começa a tremer. Sabrina tenta conter, mas o tremor se transforma num soluço, e sua expressão rígida se dissolve, revelando o ser humano que sempre habitou seus recônditos.

– Essa música não é para o papai.

– Não – responde Freya. – Não é.

– Você escreveu isso sobre mim.

– Escrevi sobre nós.

Sabrina faz algo que Freya nunca viu: começa a chorar. E Freya faz algo que, até o dia de hoje, nunca teve oportunidade: abraça a irmã e a conforta.

Isso não dura muito, pois ela ainda é Sabrina. Rapidamente enxuga as lágrimas e se desvencilha do abraço.

– Que diabo aconteceu com a sua voz? – pergunta ela, com seu jeito típico, franco e indelicado.

O jeito de Sabrina. E, por essa razão, faz Freya rir.

– Sei lá – responde ela, às gargalhadas. – Eu a perdi.

– Perdeu? – O riso contagia, e logo Sabrina também está gargalhando. – Perdeu como? Esqueceu no táxi?

Freya se curva de tanto rir.

– Eu não sei por que estou rindo. Tivemos que interromper as gravações. Foi um desastre completo.

– Que desgraça – diz Sabrina, resfolegante. – O que você vai fazer agora?

– Não sei – admite Freya, já um pouco mais composta.

– Bom, é melhor você descobrir nos próximos dois anos – retruca Sabrina, enxugando uma lágrima errante.

– O que vai acontecer em dois anos?

– Meu casamento.

– Por que eu teria que... – A voz de Freya morre enquanto ela compreende o que Sabrina está pedindo. Sabrina, que também nunca sabe como dizer as coisas. – Você quer que eu cante no seu casamento?

– Se você cantar desse jeito, não...

– E se eu... cantar desse jeito?

A pergunta paira no ar e Freya teme pelo que acabou de perguntar, pela resposta de Sabrina.

Então a irmã solta:

– A gente arruma um plano B.

Algo se expande no peito de Freya. Sementinhas, no fim das contas, uma hora germinam. Dão origem a novas árvores, a bosques inteiros.

– Ou até um plano C – murmura Freya.

– Está funcionando – diz Alex, surgindo com o telefone de Freya.

O celular está abarrotado das notificações perdidas do dia. Todas as marcações, visualizações, curtidas, engajamentos, todos os textos, e-mails, ligações perdidas. Há vários recados de Hayden, que ela sabe que jamais escutará, e dezenas de mensagens de sua mãe, às quais precisará encontrar uma nova linguagem para responder.

O telefone continua a vibrar com tudo que Freya confundia com amor. Enterrada sob a barulheira, surge a mensagem com o número de Harun. Enterrado sob a barulheira, surge o verdadeiro amor.

No silêncio daquele momento, no santuário daquele amor, algo acontece a Freya. Ela é erguida do próprio corpo, para fora daquele apartamento, para fora da própria perda, e adentra a de Harun. Todas as histórias que ele ainda tem para contar – sobre aviões, Aladdin, James – são projetadas dentro dela, passando a ser suas. Assim como, ela agora compreende, a perda de Nathaniel de alguma forma se fundira à sua. Pode soar como um fardo, mas na verdade é o oposto. Portar a perda de alguém é ser o guardião de seu amor. Compartilhar a própria perda com alguém é uma forma de dar o próprio amor.

Então, de súbito, Freya *sabe* o que fazer. Vai abraçar a irmã, sair dali e localizar Nathaniel e Harun, esses dois estranhos que entraram em sua vida hoje e revelaram a verdadeira face do amor. Ela não faz ideia de onde estão, mas se aprendeu alguma coisa com Hayden Booth foi que, ao querermos algo com muita intensidade, encontramos um jeito de fazer acontecer.

Ela vai achar os dois. O resto se ajeita naturalmente.

Clica no número de Harun e escreve uma mensagem de texto: Me diga onde posso te encontrar.

A ORDEM DA PERDA
PARTE XI

HARUN

A última vez que vi James foi num lindo dia de primavera, tão quentinho e acolhedor quanto era frio e cortante o dia em que ele encontrou a nota de 50 dólares, semanas antes. As árvores estavam florescendo. As mulheres da cidade usavam vestidos, e os rapazes, camisetas regata que exibiam variados graus de perfeição esculpida.

Nós nos encontramos naquele dia, no parque. James parecia feliz. Tagarelava sobre a declaração de domicílio fixo no estado de Nova York, que ele conseguira depois de um ano morando lá, e sobre a alegria de começar a cursar a Faculdade Comunitária LaGuardia no outono, onde havia um curso de administração do setor alimentício. Não era exatamente o que ele queria, mas talvez conseguisse transferência para o Instituto de Educação Culinária.

Eu só escutei pela metade. Na véspera, Ammi preparara uma lista de presentes para comprar. Eu tinha ido a um alfaiate tirar medidas para uma *kurta* formal. Meu passaporte havia retornado do consulado com um visto colado às páginas.

Trocava e-mails ou mensagens de texto todos os dias com Amir. Quando me dei conta do que ele havia feito, fiquei com muita raiva: O que lhe dava aquele direito? Quem tinha lhe dado aquele direito?

No entanto, percebi que *eu* lhe dera. Ao ser um covarde, ao abrir mão das rédeas. E, de qualquer forma, meu primo parecia tão otimista em relação ao desenrolar...

– Estou te entediando? – indagou James.

Retornei à realidade no susto.

– Oi?

– Eu estava aqui falando, e aposto que você não consegue repetir uma palavra do que eu acabei de dizer.

– Instituto de Culinária – respondi. – Duas palavras.

Ele balançou a cabeça.

– Você está distraído. – Apontou para os docinhos sem camisa tomando banho de sol na grama. – Se eu não te conhecesse, diria que está pulando fora.

Ele estava completamente enganado – eu jamais tivera qualquer interesse nos docinhos para além da estética –, mas ao mesmo tempo acertara na mosca. Casar com outra pessoa era a definição de *pular fora*, certo?

Ele estava me provocando, até que viu a minha expressão e seu semblante se abateu.

Porém, ele não estava arrasado. Ainda não. Só diria que eu o havia arrasado – *destruído* – dali a algumas horas. Naquele momento, achava que eu tivesse ficado com algum outro cara.

– Jam... – comecei.

Ele ergueu a mão.

– Você ainda quer ficar comigo?

Não havia nada que eu quisesse mais no mundo. Eu assenti.

– Então não quero saber. Faça o que tiver que fazer. Eu fui o seu primeiro e pretendo ser o último, mas, se você precisar descobrir o que não está perdendo, não vou impedir.

Esse era James: me dando permissão para ficar com outras pessoas, para que eu tivesse certeza de que era ele meu amor. Porque era altruísta e corajoso, e porque me amava.

– Só peço que você se proteja, porque não quero pegar nenhuma doença nojenta de nenhum docinho – concluiu.

– Não vai pegar.

– E nem se apaixone, porque isso não vou aguentar.

– Não vou – prometi.

Passei o resto da tarde deixando que ele pensasse que eu estava me agarrando com outro cara e me permitindo pensar que, se ele estava tranquilo em me imaginar com um cara, talvez compreendesse se eu me casasse com alguma garota com quem nem transaria – pelo menos não com frequência – e a quem certamente não amaria.

Depois disso, passamos uma tarde razoável. Cochilamos no Sheep Meadow, pegamos comida de um carrinho halal que James adorava e caminhamos até o final do parque, onde, encobertos pelas folhagens e samambaias, acariciados pela acolhedora brisa da primavera, nos amamos da maneira que sabíamos.

James costumava ser falante durante o sexo, mas naquele dia, sob o peso do que pensava ser minha infidelidade, permaneceu em silêncio. Eu, por minha vez, em geral mudo, estava tão dominado pelo amor, o medo e a angústia que gritei.

– Tente encontrar alguém melhor que eu – disse ele, ao fim.

Ele abriu o sorriso mais triste e eu soube que me casar com uma garota para esconder James da minha família não era o mesmo que ficar com um docinho.

– Quinta que vem – falou ele, enquanto trocávamos o último beijo sob a cerejeira, antes que ele partisse para o norte da cidade e eu fosse para casa. – No parque de novo se o tempo estiver bom.

Que fácil teria sido dizer sim. Tirar mais um dia daquilo tudo. Inventar qualquer desculpa para passar seis semanas longe. Continuar fazendo aquilo com James pelo tempo que pudesse, levando-o a pensar que teríamos um futuro, quando eu sabia o tempo todo que não teríamos.

Pus a mão no peito de James. O coração dele batia com força sob meus dedos – seu coração aberto, amoroso, disposto a me abrigar, a abrigar meus segredos, minhas inseguranças, até mesmo minha infidelidade. Disposto a pagar o preço por tudo com que ele se importava.

Meu coração era defeituoso; não por amar a pessoa errada, mas por bater no peito de um covarde.

No entanto, até um covarde tem seus limites. Até um coração defeituoso sabe distinguir o certo do errado.

Tomei seu rosto em minhas mãos e o puxei para perto, como ele fizera na primeira vez em que nos beijamos.

– Preciso te contar um segredo – sussurrei.

Então, naquele belo instante, antes que eu tornasse a falar, lá estava o rosto de James, sensível, ansioso, cheio de calor, afeto e otimismo pelo retorno da primavera, para que o sol voltasse a brilhar sobre nós, à espera de receber meu segredo como ele havia me recebido.

9

CORAÇÕES PARTIDOS

Harun sempre soube onde encontrar James. Quando ele pulava de casa em casa, de um primo a uma tia, Harun descobria e memorizava a localização do novo ponto de aterrissagem. Isso o fazia se sentir melhor, saber onde encontrá-lo caso o perdesse.

Ele poderia ter ido ao apartamento da tia de James a qualquer momento. Poderia ter inventado uma desculpa para sair de casa, pegado o trem até Manhattan, baldeado para o metrô, percorrido a cidade até a estação final – o fim da linha, como dizia James –, caminhado os cinco quarteirões, batido à porta e surpreendido James, por nenhum outro bom motivo além de seu amor por ele.

Mas não foi.

Até agora.

Sua mão treme ao tocar o interfone. Ele tem tanta coisa a dizer a James...

Que contou à família, e que foi tão terrível quanto ele pensou que seria, mas que enfim compreende, pelo menos um pouquinho, o que James queria dizer quando falou que contar tudo para o pai havia sido uma bomba que valera a pena detonar. Ele jamais vai superar a terrível atitude que forçou Nathaniel a tomar por ele. No entanto, a vergonha que carregou nos ombros, o pesado e invisível passageiro clandestino que transportara desde os 9 anos, havia, senão desembarcado por completo, pelo menos começado a fazer as malas.

E isso, como James poderia dizer, não é nada.

Ele quer contar a James sobre Freya. Sobre este dia surpreendente. Talvez ele não acredite, mas Harun vai tocar a música que está em seu pen drive e, quando ouvir aquela voz, vai acreditar.

Sobretudo, quer pedir desculpas. E dizer que o ama.

A portaria é aberta e ele sobe as escadas até o apartamento 3C. Bate à porta.

Quem atende é uma senhora num uniforme de enfermeira, usando um crachá do Hospital Presbiteriano.

– Pois não?

– James está? – indaga Harun.

A mulher, que deve ser a tia de James, Colette, olha diretamente para Harun. Seus olhos, ele vê, são os de James: castanho-dourados e afetuosos – pelo menos até ela compreender quem ele é. A desconfiança a envolve feito um manto, que faz dissipar toda a ternura.

– Você? – pergunta Colette. – Você é ele?

Harun assente.

Colette caminha até o sofá onde James está dormindo.

– J – chama ela. – Tem visita para você.

Passa-se uma fração de segundo quando James acorda – o belo rosto amassado pelo travesseiro, os olhos inchados – em que ele permanece naquele limbo brumoso entre sono e vigília. Harun conhece esse instante, das vezes em que os dois dormiram juntos no parque, em algum canto sossegado de uma Starbucks ou mesmo no metrô, quando James cochilava. Ele sempre levava um minuto para emergir do sono, para se lembrar de onde estava. Naquele instante suspenso, Harun pode ver que James ainda o ama.

Ele pisca e o momento se vai; James está desperto e frio.

– O que está fazendo aqui?

– Eu... eu vim te ver.

– Vou deixar vocês à vontade – diz Colette, tocando o ombro de James.

– Já disse que não quero mais te ver.

– Eu não vou para o Paquistão. Não vou casar com garota nenhuma. Contei à minha família hoje à noite. – Ele dispara as palavras numa confissão ofegante.

O rosto de James exibe um lampejo de interesse e sua expressão se suaviza minimamente. Ele assente. É um começo.

– Como foi?

– Conforme o esperado.

James torna a assentir, como se soubesse. Porque ele sabe.

– E eu te amo, e sinto muito.

Harun começa a chorar. Dá um passo hesitante em direção a James e desaba de joelhos.

– Eu sinto tanto, tanto...

James permanece rígido feito uma tábua e Harun pensa que tudo acabou. Então sente o toque hesitante dele em sua cabeça, ouve sua voz suave:

– Está tudo bem.

E acha que talvez tudo vá se ajeitar.

James ergue Harun delicadamente e diz as palavras que ele precisa ouvir:

– Eu também te amo.

A frase, no entanto, soa diferente, pesarosa, e com um soco no estômago Harun sabe que haverá um *mas*.

– Mas não posso ficar com você.

– Por que não? Não vou casar com ninguém. E contei à minha família. Para poder ficar com você.

– Nada disso. Você contou à sua família para poder ficar com *você*. Para poder viver com *você mesmo*.

– Eu não quero viver comigo mesmo – solta Harun. – Quero viver com você. Quero estar com você. Voar para Fiji, para o Brasil, para todos os cantos.

– Você vai ter que ir a esses lugares sem mim.

– Mas você acabou de dizer que me ama.

– E amo mesmo. Mas você quase pulou fora. Não tem como voltar atrás nisso.

– Tem, sim – insiste Harun. – Vou reconquistar sua confiança.

James suspira.

– Você sair com um docinho, eu aguento. Com uma garota? Até isso. Mas você estava planejando *ir embora*. Sem avisar. Eu fico pensando... Se eu não tivesse dito nada no parque, Harun teria me contado? Ou teria desaparecido como minha mãe?

À menção da mãe, Harun compreende que a questão ali não é a atitude: é a enganação. Com James. Com a família dele. James pode amá-lo, pode até um dia perdoá-lo, mas não vai aceitá-lo de volta.

– Então tudo isso foi por nada? – indaga Harun.

– Por nada, não – responde James, baixinho. – Só não foi por causa da nossa relação.

James se afasta. Não! Harun não pode deixá-lo ir. Não ainda.

– Espera! – chama ele, puxando James de volta.

A expressão de James é tão desnuda, seu rosto, tão exaurido pela angústia. Vê-lo assim faz Harun se render. Insistir em pressionar James causaria mais dor, mais danos. Seria um ato covarde.

E Harun quer muito ser corajoso.

Ele desengancha o pen drive do chaveiro e o põe na mão de James. *Ela vai cantar no nosso casamento*, James um dia prometeu.

– Isso é para você – diz Harun.

James encara o pen drive por um instante, mas não pergunta o que é. Simplesmente fecha a mão, assente mais uma vez e se recolhe. Harun ouve uma porta se fechar. O clique é suave e derradeiro.

Colette retorna à sala, encarando Harun com uma expressão quase piedosa.

– Você vai ficar bem.

– Como a senhora sabe?

– Um osso fraturado, quando cicatriza, fica ainda mais forte do que antes. O mesmo vale para corações partidos.

Harun aquiesce. Reza para que seja verdade. Com todo o coração. Com o de James, Ammi e Abu.

Colette abre a porta, indicando que chegou a hora de Harun ir.

– Vá ficar com a sua gente.

Enquanto ele desce as escadas, de volta à noite enluarada, fica pensando: quem é a gente dele? James? Não mais. Sua família? Talvez um dia voltem a ser, mas ainda não.

No céu, ele ouve o barulho de um jato. Ergue os olhos e vê um 737 rodeando o aeroporto LaGuardia, e por um breve instante ainda é o garoto que um dia foi, sem segredos, apenas cheio de amor. Pisca os olhos, então é Nathaniel que ele vê chegando, naquela mesma manhã, num avião como aquele, cheio de segredos, com tão pouco amor.

Harun sente um puxão na corda que lhe envolve o coração, uma certeza em seus ossos.

Ele abre o telefone de Nathaniel. Vai ligar para o pai dele, falar com o amigo, garantir que ele não fez nada de errado. Vai ajudá-lo a procurar Freya, para que os dois continuem a se apaixonar. É o mínimo que pode fazer.

Mas é estranho. Não há contatos no celular, apenas um. Confere a lista de chamadas. Há dezenas de ligações realizadas, todas para aquele número. Ele telefona e ouve a saudação do pai de Nathaniel: *Me conte algo de bom.* Desliga e tenta as chamadas recebidas, mas só há um número. Ao ligar, é conectado a uma saudação automática do Consultório Legista de Skagit County.

Ele desliga e abre o guia de viagem. Uma folha de papel desliza. Harun a pega e lê.

Monte Fuji
Viaduto Prince Edward

Ponte Golden Gate
Ponte George Washington
130km/h. Jeito mais rápido de morrer.

A princípio ele não entende o significado da anotação do pai de Nathaniel, mas lê-la faz reverberar uma sabedoria que já reside em seus ossos, bem como os próprios segredos que sempre viveram em seu coração. A angústia que o dilacera por dentro é diferente do medo e da incerteza com a qual vivera por tanto tempo. Ele sai de si. Ao retornar, tudo está quieto e parado, e naquele momento tudo se torna claro. O vago destino perto da 175th Street, o pai que nunca retornava a ligação.

– *As'alu Allah al 'azim rabbil 'arshil 'azim an yashifika.*

A oração chega a seus lábios automaticamente. Ele pede a Deus que ajude Nathaniel. Que o ajude a encontrar Nathaniel. Que o ajude a encontrar Freya. Que ajude os três a curarem uns aos outros. Porque Nathaniel e Freya, *eles* são a gente dele. Eles são a gente uns dos outros.

Quando o celular vibra, ele sabe quem é, mesmo sem olhar, sabe que Deus atendeu à sua prece.

Harun lê a mensagem de Freya. Diz a ela onde está Nathaniel.

Então começa a correr.

A ORDEM DA PERDA
PARTE XII

NATHANIEL

Na noite em que encontrei meu pai no chão da cozinha, tive um poderoso déjà-vu.

De início achei que fosse porque ele estava caído não muito longe de onde vovó Mary caíra, ao colapsar tantos anos antes.

Mais tarde, após a chegada dos paramédicos – que não tentaram ressuscitar papai nem fazer lavagem estomacal, pois de nada adiantaria –, depois que encontrei a montanha de comprimidos numa caixa de sapatos sob a cama, compreendi que achara que aquilo já havia acontecido antes porque tinha passado a vida imaginando a situação.

Imaginei quando mamãe foi embora e eu era pequeno demais para entender o que estava imaginando.

Imaginei quando vovó Mary morreu.

Imaginei quando enterramos os passarinhos e o sapo morto. Imaginei ao vê-lo chorando no hospital, depois que saí da cirurgia. Imaginei todas as vezes que entrei em casa após a escola, vi papai no sofá, com a TV ligada, e soltei um suspiro de alívio que estivera guardando desde minha saída de manhã.

Imaginei todas as vezes que ele me disse "Só nós, Nat, uma sociedade de dois". Por esse motivo não fui embora. Achei que, se fizesse isso – se fosse para a faculdade, para a mamãe, para uma vida –, um dia encontraria meu pai no chão da cozinha.

Então fiquei com ele. No fim, mesmo assim, acabei encontrando-o no chão daquela cozinha.

Déjà-vu.

Depois que os paramédicos levaram papai, esperei que os telefonemas começassem. Depois da vovó Mary, foi isso que aconteceu. As pessoas vieram. Os amigos da igreja. Meus primos.

No entanto, a única pessoa que me ligou durante aquelas duas semanas foi a legista, para me entregar o resultado do exame toxicológico, que ela chamou de "inconclusivo". Havia opioides e benzodiazepinas no sangue do papai, não em grandes quantidades, não em quantidades que sugerissem abuso de drogas ou uma overdose intencional, mas às vezes, explicou a legista, mesmo doses menores causam reações inesperadas.

– Estamos registrando a causa da morte como overdose acidental – disse ela.

Inconclusivo. Acidental. O que isso significava?

– O que deseja fazer com o corpo?

Eu não fazia ideia. Quando vovó Mary morreu, Hector providenciara tudo: ligou para o legista, procurou a apólice de seguro de vida dela, organizou os trâmites com o necrotério. Na época eu entendi que ele estava fazendo algo que meu pai deveria fazer, portando-se como um pai deveria se portar.

"Faz parte do meu trabalho", dissera Hector, embora eu tivesse reconhecido aquilo como a mais delicada mentira. Ele ficou até tarde naquela noite e voltou no dia seguinte, mesmo que já não estivéssemos na sua escala. "Estou voltando para Nova York no fim do ano", comentara ele, enfiando seu cartão de visita na minha mão. "Você pode me ligar a qualquer hora. Anotei meu celular pessoal no verso do cartão. Pode sempre me encontrar nesse número."

Manuseei o cartão, pensando que ele estava sendo bacana, e estava, mas em retrospecto compreendi que Hector percebeu, muito tempo antes de mim, que eu era um sapo numa panela.

– Não sei o que fazer com o corpo – respondi à legista.

Ela me apresentou as alternativas; a mais barata era a cremação. Quis saber se meu pai tinha seguro de vida.

– Foi de propósito? – perguntei.

Outra pausa.

– Estamos registrando a causa como overdose acidental – respondeu ela. – Você pode contar com o seguro, se ele tiver.

Não era essa a minha pergunta.

– Foi de propósito? – repeti, a voz começando a falhar. – Eu preciso saber.

– Não podemos pressupor a intenção, mas estamos registrando como overdose acidental.

– Ele fez de propósito?

O silêncio do telefone era terrível de tão familiar. Era aquele intervalo entre os outros perguntarem se está tudo bem e esperarem a resposta de que tudo está ótimo.

– Às vezes – disse ela, num balbucio – é melhor deixar essas coisas quietas.

– Como é que eu faço isso?

– Bem... só faz.

Mais uma pausa. Eu podia ouvir a comichão da mulher, morrendo de vontade de desligar o telefone. Aquela tarefa não era sua responsabilidade. Ela não era terapeuta de luto nem psicóloga. Era uma legista, ligando com a boa notícia de que eu poderia acionar o seguro de vida inexistente do papai. Queria me ouvir dizer que estava tudo bem. É o que todo mundo quer ouvir de mim. Por mais que soubessem que não estava. Como é que *tudo* poderia estar bem?

– Você tem alguém para quem telefonar? – indagou ela.

Quem? Minha mãe? Tínhamos nos falado pela última vez havia quatro anos, quando eu disse que não queria mais vê-la. O motivo que dei não fora a perda do meu olho, nem o medo de que ela me tirasse de papai, mas porque eu não me encaixava na vida dela e, o principal, ela não se encaixava na minha. Ela chorou, com amargura, e me acusou de sempre ter amado mais meu pai. Não discordei. Desde então, não tivera mais notícias. Mamãe nem sequer sabia que o homem com quem ela me criara partira.

A quem mais eu podia ligar? Meu treinador, que havia me expulsado do time? Meus amigos, que, depois de perceberem que estava tudo bem, não esperaram nem um segundo para se afastar?

Hector, que sentira pena de mim e enxergara, de uma forma que poucas pessoas haviam enxergado, como funcionavam as coisas entre mim e meu pai? Aquilo, porém, já fazia muito anos e, de qualquer forma, ele já não morava por perto. E se fizesse o mesmo que os outros? E se me perguntasse, com impaciência na voz, se eu iria ficar bem? Isso eu não suportaria.

Havia apenas uma pessoa para quem eu gostaria de ligar.

Me conte algo de bom, disse ele, quando liguei repetidas vezes.

Mas eu não tinha nada de bom para contar.

Só nós, camarada.

Só nós, não. Só eu.

10

SÓ NÓS

Nathaniel não faz ideia de onde encontrar o pai. Não faz ideia se Hector está certo, se o encontrará naquele espaço entre a vida e a morte, onde os que já partiram surgem para receber os que estão chegando. Ou se os dois vão se encontrar no além. Se houver um além. Ou talvez nas Terras Imortais, um dos muitos lugares impossíveis que o pai prometeu que os dois visitariam juntos. Saberá ele a verdade na fração de segundo que separa a vida da morte? Vai fazer diferença?

Vai doer?

Ao cair desta ponte, o corpo atinge a água a 130 quilômetros por hora. *Jeito mais rápido de morrer*, escreveu seu pai nas anotações.

Deus, tomara que sim.

Ele reza para não sentir dor.

Já sentiu dor demais para uma vida inteira.

Ele para na beirada da ponte, aos prantos. Chora porque está frio, e ventando, e a cabeça dele dói, e ele está com medo. Chora porque seu pai o deixou, talvez de propósito, talvez por não ter sabido fazer melhor, e agora ele encara aquele abismo escuro, esperando encontrá-lo, mas não vê nada além de mais escuridão.

Porém, mais do que tudo, ele chora porque, durante o curso de um dia, vislumbrou a vida que nunca desfrutou, a vida que gostaria de ter desfrutado, a vida que não pode desfrutar por causa da vida que teve.

Ele não quer morrer. A questão nunca foi querer. Só que ele não pode mais ficar sozinho.

Já passou tempo demais sozinho.

Não apenas aquelas duas insuportáveis semanas, mas os anos anteriores. Ele e o pai na casa à beira da floresta. *Só nós.* Sua sociedade de dois o tornara incapaz de viver junto com o restante do mundo. O dia de hoje prova isso. O rosto de Harun prova isso. Até o beijo de Freya prova isso.

O que dói não é não ter as coisas. É tê-las e não tê-las ao mesmo tempo. É ter no pai o melhor amigo. E ter um pai desvairado. É ter uma mãe amorosa. E ter uma mãe que o abandonou. É saber que pessoas como Freya e Harun sempre existiram por aí, mas ser incapaz de se aproximar delas.

– Pai, você está aqui? – grita ele, em meio à noite vazia. – Está me vendo?

Não há resposta além do bramido do tráfego abaixo e, mais adiante, o som de um rio, selvagem mesmo aqui.

Ele tem na mão tudo que lhe restou: o exemplar de seu pai de *O Senhor dos Anéis*. Quando o pai anunciou a sociedade de dois, Nathaniel se sentiu ungido. Uma missão sagrada.

Ele tinha 7 anos. Jovem demais para saber que não existe uma sociedade de dois. Uma sociedade é um grupo. Um exército. Uma multidão. Duas pessoas não bastam. Duas pessoas não podem salvar uma à outra. Quantas vezes ele ouvira histórias de alguém se afogando, outra pessoa tentando ajudar e as duas acabando afogadas? Acontece o tempo todo.

Nathaniel grita para o vazio, agarrado às páginas do livro. A encadernação é tão antiga, está tão partida, a cola é fraca... mas o livro se recusa a ceder. Ele consegue arrancar apenas um punhado de páginas.

A dor o dilacera em dois. O que há de tão errado com ele? O que o tornou tão indigno de amor? Tão invisível?

– Papai, está me vendo? – grita ele. – Está vendo o que fez comigo? Por quê?

No silêncio que se segue, Nathaniel compreende que faz a pergunta errada à pessoa errada. Não é por que o pai fez aquilo com ele. É por que o resto do mundo ficou parado, deixando tudo acontecer. Seu pai não tinha noção. Mas e as outras pessoas? Por que ninguém desligou o fogo? Por que ninguém o retirou delicadamente da panela e o devolveu ao gramado macio antes que fosse tarde?

Nathaniel agarra o livro, a semente daquela sociedade doente, e com toda a força que lhe resta, arremessa. Sob o luar, vê as páginas tremulando enquanto o livro sobe mais do que as leis da física universal concluem que deveria, então começa a descer, não a dolorosos 130 quilômetros por hora, mas suavemente, devagar, como se a gravidade, no curso daquele instante, se revertesse, permitindo que Nathaniel se afaste e imagine sua vida num tipo diferente de sociedade.

Nesta versão, Nathaniel joga softbol uma vez por semana num pedaço de grama suja, com gente que já sabe seu nome. Nesta versão, Nathaniel se senta a uma grande mesa de jantar, não comendo macarrão instantâneo com uma só pessoa, mas rodeado de um enorme grupo, saboreando pratos de nomes ignorados, mas cujos sabores ele sempre conheceu. Nesta versão, Nathaniel não salta para a própria morte, mas acolhe amorosamente os outros em sua hora, como Hector fez com Mary, ajudando-os a dizer o que precisa ser dito enquanto ainda há fôlego, ajudando os que ficam para trás a enfrentar as perguntas que ele sabe às vezes não terem resposta. Nesta versão, ele beija uma garota cuja voz pode ouvir mesmo quando ela não está cantando.

Nesta versão, Nathaniel não está só.

Porque hoje Nathaniel não ficou só.

Nenhum deles ficou. Não depois de se encontrarem.

Ele está muito longe para ouvir a queda do livro na água, mas sabe o exato instante em que eles se encontram, pois neste momento um soluço escapa de suas entranhas, e 2 toneladas de mágoas – mais do que cabe numa vida – irrompem das profundezas de seu corpo. Será que foi assim que Frodo se sentiu quando Gollum enfim despencou da Montanha da Perdição, destruindo o Um Anel, aliviando-o, de uma vez por todas, daquele lindo e terrível fardo?

Nathaniel se afasta do parapeito. Não verá o pai hoje à noite. Talvez nunca volte a ver o pai. Talvez nunca saiba por que ele abandonou sua sociedade de dois, ou por que a criou, em primeiro lugar. Talvez seu pai não soubesse que uma sociedade de dois é muito pouco. É preciso mais. Mães a quem perdoar e de quem receber perdão, sábios enfermeiros que o ensinem a conduzir as pessoas às Terras Imortais, amigos que não se importam que você só enxergue com um olho, pois sabem que o truque para agarrar uma boa bola é enxergá-la com o olho da mente. É preciso gente que te dê comida do próprio prato ao sentir sua fome, que se recuse a deixar que você ande sozinho, a despeito de quantas vezes você diga que está tudo bem, que estalem os dedos na sua cara e sussurrem bem baixinho em seu ouvido, *Nathaniel, volte, volte...* até que você volte.

Nathaniel, Nathaniel.

Ele ouve a voz dela. Até de olhos fechados reconheceria aquela voz. Ele a vem ouvindo desde o dia na floresta.

Nathaniel, Nathaniel.

Ao abrir os olhos, vê Freya e Harun correndo em sua direção.

Nathaniel, Nathaniel.

Se isso não é uma canção, Nathaniel não sabe o que é.

Nathaniel, Nathaniel.

Eles o veem.

Ele os ouve.

Os três se encontram.

AGRADECIMENTOS

Como acontece em qualquer livro, muita gente colaborou com *Eu perdi o rumo*, mas não sei ao certo se ele sequer existiria se Ken Wright, Anna Jarzab e Michael Bourret não tivessem me ajudado a me encontrar. Ken, com paciência e humanidade, me tomou pela mão durante minha crise (minhas crises) de confiança e muitos tiros errados, até que eu reencontrasse minha própria voz. Anna leu um precoce e desastroso manuscrito e me convenceu de que esses garotos já haviam ganhado abrigo em seu coração e que suas histórias mereciam ser contadas, então passou horas (literalmente) me ajudando a descobrir que histórias eram essas. E Michael acreditou em mim quando eu era incapaz de crer em mim mesma. Eu o recomendaria a Freya se ele representasse músicos (e se ela fosse real).

Obrigada a todos da Penguin Young Readers, com menção especial a Jen Loja, por capitanear o barco, a Leila Sales, por ajeitar as palavras, a Elyse Marshall, pela divulgação, a Kristin Gilson, por fazer parecer que eu entendo de softbol, e a Theresa Evangelista, pela maravilhosa capa. Muitos abraços e agradecimentos a Erin Berger, Rachel Cone-Gorham, Christina Colangelo, Aneeka Kalia, Emily Romero, Elora Sullivan, Felicity Vallence, Caitlin Whalen e a todos os representantes de vendas que tomam a frente na tarefa de espalhar livros por aí.

Muitíssimo obrigada a meu pequeno exército de leitores, que me fizeram pensar com mais afinco, escavar mais fundo e reconhecer meus pontos cegos, e que me ajudaram a chegar ainda mais perto de algo que se assemelhasse à verdade: Imam Shair Abdul-Mani, Arvin Ahmadi, Libba Bray, Tamara Glenny, Marjorie Ingall, Farah Janjua, Justine Larbalestier e Jacqueline Woodson.

Obrigada às integrantes do LadySwim™, pelo apoio, pela sororidade e pelo gás. Obrigada à Brigada de Mamães (e Papais) do Brooklyn, por serem a família da minha cidade natal. Obrigada a meus pais, irmãos e cunhados por serem minha família de verdade. Menções especiais à minha irmã enfermeira de casa de repouso, Tamar Schamhart, por inspirar o personagem Hector. Obrigada a Yosef Ayele, por ser parte de minha família etíope. Obrigada a Isabel Kyriacou pela ferocidade. Obrigada a Lauren Walters por Todas as Coisas. Obrigada a Eric Gordon por dez anos disso. Obrigada a Lauren Abramo, Kieryn Ziegler e todo o pessoal da Dystel, Goderich & Bourret.

Obrigada a todos os livreiros, bibliotecários e professores que põem esses pequenos dispositivos de propagação de empatia que chamamos de livros nas mãos dos leitores. Vocês são hoje mais necessários do que nunca.

Obrigada a todos os leitores, por terem o coração grande, a curiosidade e a disposição de entrar nas experiências de outras pessoas por meio da ficção. Isso é hoje mais necessário do que nunca.

Obrigada a Nick, Willa e Denbele, por me inspirarem constantemente a fazer cada vez melhor e por serem a minha sociedade, a minha família.

CONHEÇA OUTRO TÍTULO DA AUTORA

Eu estive aqui

Quando sua melhor amiga, Meg, toma um frasco de veneno sozinha num quarto de motel, Cody fica chocada e arrasada. Ela e Meg compartilhavam tudo... Como podia não ter previsto aquilo, como não percebera nenhum sinal?

A pedido dos pais de Meg, Cody viaja a Tacoma, onde a amiga fazia faculdade, para reunir seus pertences. Lá, acaba descobrindo muitas coisas que Meg não havia lhe contado. Conhece seus colegas de quarto, o tipo de pessoa com quem Cody nunca teria esbarrado em sua cidadezinha no fim do mundo. E conhece Ben McCallister, o guitarrista zombeteiro que se envolveu com Meg e tem os próprios segredos.

Porém, sua maior descoberta ocorre quando recebe dos pais de Meg o notebook da melhor amiga. Vasculhando o computador, Cody dá de cara com um arquivo criptografado, impossível de abrir. Até que um colega nerd consegue desbloqueá-lo... e de repente tudo o que ela pensou que sabia sobre a morte de Meg é posto em dúvida.

Eu estive aqui é Gayle Forman em sua melhor forma, uma história tensa, comovente e redentora que mostra que é possível seguir em frente mesmo diante de uma perda indescritível.

CONHEÇA OS LIVROS DE GAYLE FORMAN

Eu estive aqui

O que há de estranho em mim

Eu perdi o rumo

Se eu ficar